Sarah Drews

Fantasy

Magie

der

Angst

Kimberlys verhängnisvolle Entscheidung

Sarah Drews

Impressum

© 2018 „Magie der Angst" von Sarah Drews

Illustrationen und Coverbild: Michael Remus Gölß

Coverbearbeitung: Beate Geng

Lektorat: Carolin Olivares

Kelebek Verlag Inh. Maria Schenk Franzensbaderstr. 6

86529 Schrobenhausen   www.kelebek-verlag.de

ISBN 978-3-947083-10-7

Druck und Vertrieb BoD

Bibliografische Information der Deutschen Nationalbibliothek

Die Deutsche Nationalbibliothek verzeichnet diese Publikation in der Deutschen Nationalbibliografie; detaillierte bibliografische Daten sind im Internet über http://dnb.d-nb.de abrufbar.

1

Der Boden bebte gefährlich unter Kimberlys Füßen. Sie konnte sich kaum noch auf den Beinen halten und klammerte sich krampfhaft an den Arm ihres Freundes. Mit Mühe und Not gelang es ihr, nicht umzufallen. Rasch stellte sie die Beine etwas weiter auseinander. „Besser", murmelte sie.

Ihr Blick glitt vom Boden wieder nach oben. Im ersten Moment schob sie es auf das dämmrige Licht im Raum. Doch in der nächsten Sekunde erkannte sie, dass die Wände sich tatsächlich langsam, aber stetig auf sie zubewegten. Jetzt konnte sie bereits mit ausgestrecktem Arm eine Wand berühren. Bald würden Franklin und sie zerquetscht werden.

Neben ihr krachte ein Steinbrocken auf den Boden. Erschrocken zuckte sie zusammen. Panik ließ ihr Herz schneller schlagen. Das Blut rauschte in ihren Ohren wie ein wilder Strom. Als ein markerschütternder Schrei ertönte, war sie einer Ohnmacht nahe. Es dauerte einen Augenblick, bis ihr klar wurde, dass sie diejenige war, die gerade schrie.

In der nächsten Sekunde kam der Boden ruckartig zum Stehen. Helles Licht erfüllte den eben noch dunklen Raum. In der Mauer öffnete sich eine Tür und gab den Ausgang frei. Alle Wände fuhren mechanisch zurück an ihren Ausgangspunkt.

„Puh", stöhnte Franklin, „bin ich froh, dass es zu Ende ist."

„Hattest du etwa Angst?", erkundigte sich Kimberly. Auf keinen Fall würde sie zugeben, dass die Nummer ihr auch nicht geheuer gewesen war. Wenn sie genauer darüber nachdachte, kam sie eh zu dem Schluss, dass sie sich gar nicht gefürchtet hatte. Das wäre ja noch schöner!

„Ist auf jeden Fall nicht schlecht gemacht", antwortete er.

„Wie bitte? Absolute Kinderkacke", erklärte sie, als sie mit ihm ins Freie trat. „Dass dieser PharaoFluch die Attraktion des Jahres sein soll, kann ich gar nicht glauben. Das war stinklangweilig."

„Kinderkacke? Dafür hast du aber ganz schön gekreischt, Kimberly Rogers. Außerdem", verkündete Franklin augenzwinkernd, „krallst du dich noch immer an meinem Arm fest."

Sie fühlte sich ertappt, wurde sauer und ließ ihn sofort los. Auf keinen Fall wollte sie, dass Franklin ihre Verlegenheit bemerkte. Deshalb wandte sie sich ab und öffnete ihren Pferdeschwanz, sodass ihre schulterlangen rotbraunen Haare ihr Gesicht einrahmten. Dass ihre Sommersprossen und grünen Augen dadurch besser zur Geltung kamen, wusste sie genau.

„Ich – geschrien? Garantiert nicht vor Angst. Ich wollte die anderen ein bisschen in Panik versetzen." Sie lachte kurz auf. „Ist doch immer lustig, wenn jemand im Dunkeln kreischt. Und du hast es mir auch noch geglaubt, Franklin Shaw." *Hoffentlich nimmt er mir das ab*, betete sie im Stillen. Dann fuhr sie fort: „Da war ich schon in ganz anderen Geisterbahnen und JahrmarktAttraktionen. Erinnerst du dich noch an das Horrorhaus in diesem Freizeitpark mit dem Zombie Weihnachtsmann? *Megacool!* Hast du dir da nicht sogar in die Hose gemacht?"

„Ich war fünf Jahre alt. Und *du* hattest danach Angst, in einem dunklen Zimmer zu schlafen", warf Franklin trocken ein.

„Na und, aber das war toll. Kein Vergleich zu diesem Pipifax."

„Lass uns nicht streiten." Franklin grinste. „Ich weiß ja, dass du niemals zugeben würdest, dass du Angst hast. Außerdem musst du nicht wieder damit angeben, dass du eine Woche älter bist. Das höre ich mir schon seit dem Kindergarten an."

Kimberly winkte ab und ließ ihren Blick schweifen. Gerade kam ein kleiner Junge, der etwa sechs Jahre alt sein mochte, mit seiner Mutter aus der Geisterbahn. Die Frau redete auf ihn ein. Wie sehr das Kind zitterte, war sogar aus der Entfernung deutlich zu erkennen.

„Schau dir mal das Baby an", sagte Kimberly. Dabei wies sie mit dem Kinn auf den Jungen. „Was für ein Schisshase!"

Franklin runzelte die Stirn. „Gib doch Ruhe", sagte er leise.

Aber sie ließ nicht locker. „Na", rief sie dem Kleinen zu, „muss Mami dich trösten? Wie kann man nur so heulen? Das war doch total *langweilig*." Zur Untermalung gähnte sie. „Muss deine Mutti auch noch unters Bett gucken, ob sich dort Monster verstecken." Mit dem Ellenbogen stupste sie Franklin in die Seite und lachte. Allerdings hörte sie selbst, wie gehässig ihr Lachen klang.

Die Mutter bedachte Kimberly mit einem bitterbösen Blick. „Hast du etwa keine Angst? Vor nichts? Das würde mich doch sehr wundern", fauchte sie und legte schützend den Arm um ihren Sohn.

Franklin seufzte. „Kimmy, das war nicht gerade nett."

„Ich habe dir schon mal gesagt, dass du mich nicht mehr Kimmy nennen sollst. Das klingt so nach Baby." Genervt schüttelte Kimberly den Kopf.

Sie setzten sich in Bewegung, liefen weiter durch die Menschenmenge.

„Ich finde es überhaupt nicht schlimm, in dem Alter Angst zu haben. Aber jetzt genug davon!" Franklin fuhr sich durch seine struppigen blonden Haare und suchte offensichtlich nach dem nächsten Fahrgeschäft. „Wie wäre es mit der wilden Maus?", schlug er vor. „Weiter hinten ist noch ein Spiegelkabinett. Könnte auch lustig sein."

Sie kramte in ihrer Hosentasche herum. „Ich glaube, dafür reicht mein Geld nicht mehr", antwortete sie. „Außerdem sollten wir langsam nach Hause gehen. Hast du mal auf die Uhr geschaut?" Demonstrativ hielt sie ihm ihr Handgelenk unter die Nase. „Das Abendessen ruft und du weißt, wie sauer meine Mutter ist, wenn ich nicht pünktlich zu Hause bin. Das hier läuft uns nicht weg. Der Rummel hat erst heute aufgemacht. In den nächsten vier Wochen können wir jeden Tag herkommen."

2

Auf dem Weg zum Ausgang des SommerJahrmarktes musterten sie gut gelaunt die vielen Buden.

„Wollen wir ein paar gebrannte Mandeln oder etwas von der RegenbogenZuckerwatte mitnehmen?", fragte Franklin und blieb vor einer Bude stehen. „Ich lade dich ein", bot er an.

Kimberly antwortete nicht, denn der Wohnwagen neben dem Süßigkeitenstand interessierte sie viel mehr. Sie ging näher heran, um sich alles genau zu betrachten.

Einige Stellen des Wohnwagens wiesen Beulen auf, andere waren verrostet. Eine morsch aussehende Treppe führte zur Eingangstür, in deren Mitte ein Schild prangte, das so aussah, als würde es jede Sekunde herunterfallen. Pechschwarze Vorhänge in den Fenstern verwehrten den Blick ins Innere. Neben der Tür hingen an beiden Seiten künstliche Fackeln.

Mit zusammengekniffenen Augen versuchte Kimberly das Schild zu entziffern. „*Die einzigartige Calypso",* las sie mit schauriger Stimme, als Franklin neben sie trat. „Komm, wir gehen rein und lassen uns die Zukunft vorhersagen. Das wollte ich schon immer mal machen." Sie zog ihn die Treppe nach oben. „Vielleicht hat sie auch einen Liebestrank", fügte sie schmunzelnd hinzu.

„Hast du nicht gerade gesagt, dass du kein Geld mehr hast?", stöhnte Franklin.

Ohne auf ihn zu achten stieß sie vorsichtig die Tür auf. Völlig geräuschlos öffnete sie sich. Kimberlys Augen mussten sich erst an das schummrige Licht gewöhnen. Da schimmerte etwas. Sie schreckte zurück, als ein Schädel sie angrinste. Dabei trat sie Franklin, der direkt hinter ihr stand, auf den Fuß.

„Aua!", zischte er. „Was hast du denn für ein Problem. Schon wieder Angst, Kimberly?"

„Schau doch selbst rein, du Klugscheißer", flüsterte sie.

Franklin zögerte kurz, bevor er sie zur Seite schob und ins Innere blickte. „Ein Totenkopf," sagte er überrascht.

Dann hörte sie Franklin glucksen.

„Du hast schon mitbekommen, dass das ein Kerzenhalter ist und kein echter Kopf?", neckte er sie. „Irgendwie müssen Hexen doch mystisch und gruselig wirken."

Kimberly spürte, dass sie rot wurde und schob den lachenden Franklin zur Seite. *Verdammt*, dachte sie, *Mist*. „Komm, lass uns endlich reingehen."

Franklin griff nach ihrem Arm, hielt sie zurück. „Jetzt sei doch nicht albern. Das ist rausgeworfenes Geld. Niemand kann die Zukunft vorhersagen oder einen Zaubertrank zubereiten, der irgendetwas bewirkt."

„Ungläubiger, krächzte eine heisere Stimme im Wohnwagen. „Komm nur rein, Kimberly."

Sie erschrak. Woher wusste, wer auch immer gerade gesprochen hatte, ihren Namen? Vorsichtig ging sie ein paar Schritte. Zum Glück hatten sich ihre Augen mittlerweile an das Halbdunkel gewöhnt.

Am Tisch saß eine alte Frau, die mit einem knochigen Finger lockte und dann mit einer befehlenden Geste auf den Stuhl ihr gegenüber deutete. Wie von selbst setzten sich Kimberlys Beine in Bewegung. Direkt neben dem Stuhl der Alten blieb sie stehen. Aus dem Augenwinkel sah sie, dass Franklin dicht bei ihr war. Unentwegt musste sie die Frau anstarren. Mit ihren weißen Haaren und den tiefen Falten wirkte sie uralt.

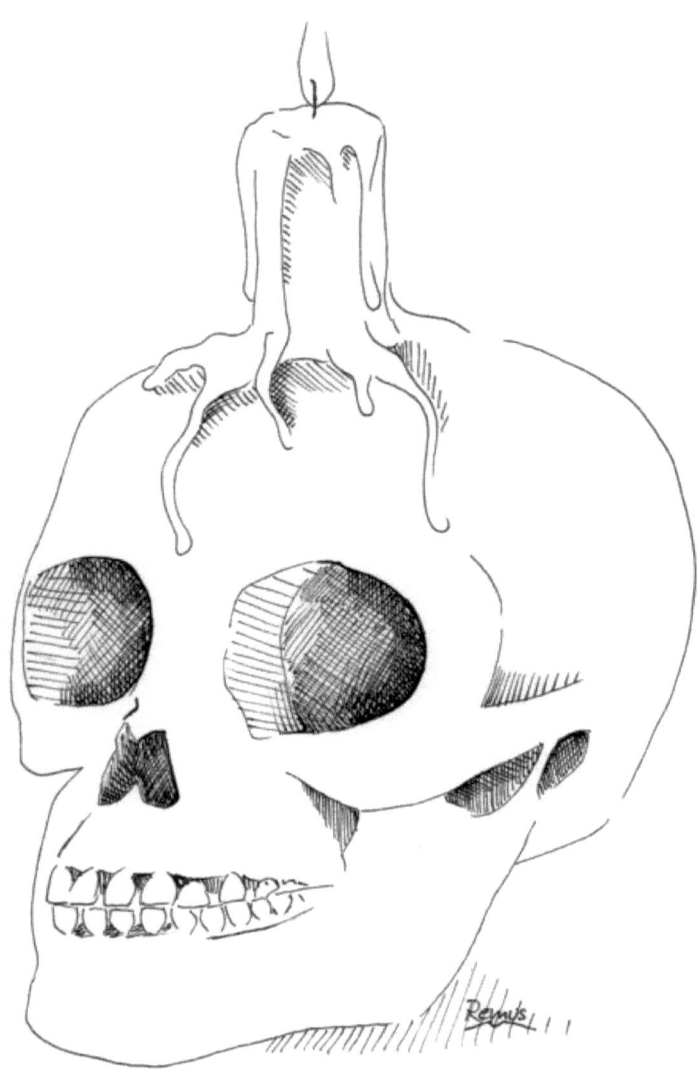

Ihr schwarzes Samtkleid mit dem weinroten Totenkopfmuster schleifte auf dem Boden. Die Anhänger ihres goldenen Gürtels klimperten bei jeder Bewegung. Auf ihrem Gesicht lag ein hinterhältiger Ausdruck, während sie mit ihren trüben Augen Kimberly fixierte.

„Setzt euch, setzt euch. Ich kann all deine Fragen beantworten, Kimberly."

Mit offenem Mund starrte sie die Alte an.

„Lassen Sie mich raten", mischte Franklin sich ein, „der Spaß kostet nur zehn Dollar und am Ende tritt nichts von der Prophezeiung ein."

Die Frau lachte. „Du Narr, alles, was die weise Calypso sieht und vorhersagt, passiert. Woher kenne ich wohl eure Namen? Wie kann ich wissen, dass ihr gerade im *PharaoFluch* wart." Ihre Stimme knarrte.

„Wahrscheinlich haben Sie gesehen, aus welcher Richtung wir gekommen sind", antwortete Franklin. Er klang sehr selbstsicher.

„Sei leise!", fuhr Kimberly ihn an. „Vielleicht kann sie wirklich hellsehen." Sie setzte sich, sank augenblicklich tief in das Polster. Deutlich spürte sie eine harte Feder, die von unten in den Oberschenkel drückte. „Was kostet es, wenn sie mir die Zukunft vorhersagt?"

„Für dich nur fünf Dollar, meine Liebe." Mit ihren merkwürdigen Augen blickte Calypso sie direkt an.

Ob sie blind ist, fragte sich Kimberly.

Ohne eine Antwort abzuwarten, begann die Alte leise zu singen. Dabei bewegte sie die Hände über ihrer Kristallkugel. Dann wippte sie vor und zurück – erst langsam, dann immer schneller.

Völlig gebannt beobachtete Kimberly das Schauspiel. Je länger sie zuschaute, umso mehr fühlte sie sich hypnotisiert. Es gelang ihr beim besten Willen nicht, den Blick abzuwenden.

Schließlich endete Calypsos Gesang. Ein Nebel erschien in der Kugel. Hellblaue und weiße Blitze zuckten darin.

„Franklin Shaw, du Narr!", sprach die Alte mit kräftiger Stimme, die jetzt einen harten Akzent aufwies. Es hörte sich beinahe so an, als würde eine andere sprechen. „Ich sehe, dass du ungläubig bist, aber schon bald wirst du deinen Irrtum erkennen, leider viel zu spät. Dann kannst du deiner Freundin nicht mehr helfen."

Entsetzt drehte sich Kimberly zu Franklin um. Der stand da, mit offenem Mund, wie zur Salzsäule erstarrt.

„Woher …?" Mehr konnte er nicht sagen.

Genau wie er wunderte sie sich darüber, woher die Hexe Franklins vollständigen Namen kannte. Weder sie noch er hatten ihn erwähnt. Für einen Augenblick war sich Kimberly sicher, dass sie eine echte Hexe vor sich hatten. Ihr Blick wanderte von Franklin zur Kristallkugel zurück. In den Augenwinkeln sah sie den Aufdruck auf Franklins Shirt. Er trug heute sein BowlingShirt. Auf der Brust war sein voller Name aufgestickt. Mit der Hand schlug sie sich an die Stirn, sog enttäuscht die Luft ein.

„Komm, lass uns gehen. Du hattest recht", flüsterte sie. So leise wie möglich stand sie auf und zerrte an Franklins Arm.

„Setzt dich!", befahl Calypso in einem Ton, der keine Widerrede gestattete.

Ob sie wollte oder nicht, sie musste gehorchen.

„Nun zu dir, Kimberly. Noch kannst du die Fehler von heute wieder gut machen. Tust du es nicht, steht dir ein albtraumhafter Sommer bevor. Stehe zu deiner Angst, sonst wirst du es bereuen. Entscheide gut!" Wieder hatte Calypso mit dieser harten Stimme gesprochen. Dann schloss sie die Augen und sank auf ihrem Stuhl zusammen. Kurz darauf ertönte ein lautes Schnarchgeräusch. Mit einem Mal wirkte sie wie eine harmlose alte Frau, die vor Erschöpfung eingeschlafen war.

So ein Quatsch, dachte Kimberly. *Was für einen Fehler, bitteschön?* Wut kochte in ihr hoch. *Ich und Angst!* Mit voller Wucht rammte sie Franklin ihren Ellenbogen in die Seite.

Er stöhnte auf, erwachte aber aus seiner Starre. „Was zur Hölle …?", fragte er sichtlich verwirrt.

„Los, lass uns gehen! Die Alte spinnt doch. Für so einen Müll gebe ich keine fünf Dollar aus. Ich und Angst, dass ich nicht lache", zischte sie ihm ins Ohr.

„Also ehrlich, Kimberly. Auch wenn es Hokuspokus ist, sie hat ihren Teil erfüllt", antwortete Franklin und legte zwei Dollar auf den Tisch.

„Für so einen Humbug zahle ich nichts."

„Das war doch vorher schon klar. Ich habe dich gewarnt."

„Mann, ich war eben neugierig, aber jetzt lass uns bitte gehen. Ich habe kein Geld mehr. Wenn sie nicht sofort in Trance verfallen wäre, hätte ich ihr das auch gesagt", gestand sie Franklin.

„Dir ist klar, dass wir uns strafbar machen, wenn wir nicht zahlen?" Genervt rollte er die Augen. „Dann aber schnell, bevor sie aufwacht."

Leise huschten sie zum Ausgang. Doch als sie die Tür vorsichtig öffneten, quietschte sie unüberhörbar. Hastig riss Kimberly sie ganz auf und schubste Franklin hinaus.

„Da fehlt noch was!" Calypsos eiskalte Stimme fuhr ihr bis ins Mark.

„Sie sollten das Geld vorher verlangen wie die Halsabschneider vom *PharaoFluch*. Für solchen Schrott gebe ich mein Taschengeld nicht aus", rief Kimberly der Alten über die Schulter hinweg zu.

„Mensch, Kimmy", stöhnte Franklin neben ihr, „gib doch endlich Ruhe!"

Vor dem Wohnwagen stolperte sie fast über einen kleinen Jungen an der Hand seiner Mutter, den sie sofort erkannte.

„Ach, du schon wieder. Ich würde an deiner Stelle nicht reingehen, sonst bekommst du noch Albträume. Die Hexe da drin sagt dir eh nur voraus, dass du heute Nacht ins Bett pinkelst", rief sie ihm zu.

Franklin an ihrer Seite schüttelte den Kopf, aber das war ihr egal. Bevor die Mutter etwas antworten konnte, erschien Calypso in der Tür. Durch ihr bodenlanges Kleid sah es aus, als schwebte sie. Gleichzeitig wirkte die Haut total durchsichtig. *Unheimlich*, dachte Kimberly.

„Damit hast du dein Schicksal besiegelt", keifte Calypso. „Nimm dich in Acht, das Böse hat es auf dich abgesehen."

„Oh, jetzt mache ich mir aber in die Hose. Da habe ich ja mehr Angst vor dem oberlahmen PharaoFluch."

„Sag nicht, ich hätte dich nicht gewarnt. Du hast deine Entscheidung getroffen. Lauf nur, Kimberly. Lauf so schnell du kannst. Es wird dir nichts nützen. Du wirst lernen, was es heißt, Angst zu haben."

In diesem Moment wurde es ihr doch etwas mulmig. Calypsos hysterisches Lachen verfolgte sie. Auch als sie und Franklin schon viele Meter zwischen sich und den Wohnwagen gebracht hatten, klang es noch ganz nah.

3

Kimberlys Herz pochte wie wild. Erst als sie um die nächste Ecke gebogen waren, blieb sie schnaufend stehen. Franklin neben ihr japste genauso. Mit den Händen stützte sie sich auf den Knien ab und versuchte, ihre brennende Lunge zu beruhigen.

„Oh Mann, das war echt schräg", stieß sie hervor. Es dauerte eine Weile, bis sie wieder Luft bekam. Dann kicherte sie. „Hast du Calypsos dämliches Gesicht gesehen, als ich das mit dem PharaoFluch sagte?"

„Wenn wir zusammengelegt hätten …", überlegte Franklin laut.

Warum macht er nur so ein Tamtam um die Sache?, fragte sie sich. Das ging ihr allmählich auf die Nerven. „Die Zukunft vorhersagen! Dass ich nicht lache! Hätte sie dir gesagt, wie du Zoey Williams endlich rumkriegst oder wie wir den weltbesten Sommer erleben, das wäre was gewesen. Aber so?" Sie nickte nachdrücklich und deutete dann auf Franklins Hemd. „Deinen Namen kannte sie übrigens, weil er dick und fett auf deinem TShirt steht."

Franklin schaute an sich hinunter, kratzte sich verlegen am Hinterkopf. „Okay. Für einen Moment habe ich echt geglaubt, dass sie irgendwie über Zauberkräfte verfügt."

„Wir sollten ein paar Tage nicht auf den Rummelplatz gehen. Nicht, dass diese Hexe uns über den Weg läuft und einen Wachmann auf uns hetzt." Sie blickte auf ihre Uhr. „Schon so spät! Sehen wir uns morgen im Freibad?"

Franklin nickte zustimmend. „Ich hole dich um zehn ab."

„Super. Jetzt muss ich los, sonst komme ich definitiv zu spät. Auf Hausarrest habe ich gar keine Lust."

„Alles klar." Franklin grinste.

Kimberly lief in Richtung Dread Street. Franklin trabte langsam in die andere Richtung.

Wenn sie sich jetzt beeilte, würde sie es noch rechtzeitig nach Hause schaffen. Zum Glück kannte sie alle Abkürzungen. Sie entschied sich für den Weg durch den Schnellimbiss. Das sparte ihr einen ganzen Häuserblock. Sie rannte in die Gasse, die zur Rückseite des Schnellimbisses führte und versteckte sich hinter dem großen Mülleimer gegenüber dem Eingang. Während sie lauschte, hielt sie den Atem an. Die Töpfe und Pfannen klapperten rhythmisch ohne Unterbrechung. Also war der Koch beschäftigt. Sehr gut. Oft genug erwischte ChunLi sie. Dann hielt er ihr jedes Mal eine lange Strafpredigt. Wenn er richtig schlechte Laune hatte, verpetzte er sie sogar bei ihren Eltern und das brachte ihr mindestens eine Woche Küchendienst ein. Kimberly hoffte inständig, dass es heute gut gehen würde. Vorsichtig lugte sie hervor. Aus diesem Winkel konnte sie den Koch durch die geöffnete Tür deutlich sehen. Jetzt verschwand er im Kühlhaus.

„Yes", sagte sie leise zu sich selbst. Das war ihre Chance. In Gedanken zählte sie langsam rückwärts: *drei ... zwei ... eins ...* Wie auf Kommando sprintete sie los zwischen den Mülltonnen hindurch in Richtung Küche. *Das läuft ja wie am Schnürchen,* beglückwünschte sie sich im Stillen. Nur wenige Schritte trennten sie von der anderen Seite, wo sich der

Personaleingang zur Küche befand. Einen Fuß hatte sie bereits auf der Schwelle. Aber – was war das? Hinter ihr ertönte ein tiefes, kehliges Knurren. Unheimlich! Am liebsten wäre sie schnell weggerannt, aber ihr Instinkt ließ sie mitten im Laufen innehalten. Nur mit Mühe und Not verhinderte sie einen Sturz, weil sie abrupt abbremste. Ganz langsam drehte sie sich um. Was sie sah, ließ ihr buchstäblich das Blut in den Adern gefrieren. Bei den Müllcontainern stand ein riesiger, weißer Hund mit roten Augen. Nie zuvor hatte sie ein solches Vieh gesehen.

Was soll ich nur tun, fragte sie sich verzweifelt. „Braves Hundchen. Ich tu dir nichts", sagte sie mit zittriger Stimme zu der Bestie. *Nur keine Angst zeigen*, fügte sie in Gedanken hinzu. Ihre Mutter hatte ihr oft genug erklärt, dass Hunde Angst riechen können. Sie deutete in Richtung Küche. „Ich laufe da schnell durch, dann bin ich auch schon verschwunden." *Spinne ich? Jetzt erkläre ich dem Scheusal auch noch, was ich vorhabe.* Unsicher blickte sie vom Hund zur Küche und zurück.

Als Antwort knurrte der Weiße und fletschte die Zähne.

„Braves Hundchen", wiederholte Kimberly, „glaub mir, ich schmecke überhaupt nicht gut. Wenn du mich gehen lässt, bringe ich dir eine schöne, saftige Wurst."

Scharfe Eckzähne leuchteten. Speichel tropfte aus seinem Maul. Schritt für Schritt kam er näher. Einen Meter vor ihr blieb er stehen.

„Bleib, wo du bist." Vor Angst zog sie die Schultern ein.

Langsam setzte die Bestie jetzt eine Pfote vor die andere, senkte den Kopf, knurrte wieder.

Das Vieh will springen!, schoss es ihr durch den Kopf. Vor lauter Panik kreischte sie los: „Hilfe! Hilfe! ChungLi, ich weiß, dass du da bist."

Den Hund ließ sie keine Sekunde aus den Augen, schien in seiner Position zu verharren.

Hinter ihr klapperten wieder die Töpfe. Niemand hatte sie gehört. Ihr war klar, dass ihr letztes Stündlein geschlagen hatte. Zitternd trat sie einen Schritt nach hinten. Der Hund bückte sich noch tiefer, zeigte wieder seine Eckzähne. In seinen Augen schimmerte pure Mordlust. Sie saß in der Falle. Gehetzt blickte sie sich um. Da war nichts, um den Hund abzuwehren.

Das Herz schlug ihr bis zum Hals. *Beruhigen, ich muss ihn beruhigen.* Woher dieser Gedanke kam, war ihr nicht klar.

Mit belegter Stimme versuchte sie es ein letztes Mal. „Gutes Hundchen … liebes Hundchen … mach Sitz!" Tränen liefen ihr über die Wangen.

Wie in Zeitlupe sprang der Hund. Kimberly zog den Kopf zwischen die Schultern, verschränkte die Arme vor dem Gesicht, ging wimmernd in die Knie und wartete auf den Schmerz. Gleich würde der Hund seine Zähne in ihren Körper rammen.

4

„Aus Brutus! Platz!'", befahl jemand.

Kimberly zitterte am ganzen Leib. Der Monsterhund hatte sie nicht gebissen. Sie konnte es nicht fassen.

„Angst vor einem so kleinen Hund. Sachen gibt's." Das war ChunLi. Sein dröhnendes Lachen drang an ihr Ohr.

Immer noch fühlte sie sich benommen, aber langsam wurde sie wütend. Was meinte er? Und wieso konnte er diesem Höllenhund Befehle erteilen? Mit weichen Knien lugte sie aus ihrer Deckung hervor. Neben dem Koch stand keine weiße Bestie. Zwar war der Hund weiß, aber weder groß noch angsteinflößend.

„Brutus ist kein Taschenhund." ChungLi kicherte. „Aber so groß ist ein Spitz nun auch wieder nicht."

„Hahaha, sehr witzig", antworte Kimberly kleinlaut. Wie konnte sie diesen Winzling nur für einen Höllenhund halten?

„Und jetzt sieh zu, dass du von meinem Hof verschwindest, ehe ich deine Eltern informiere, Kimberly Rogers! Du weißt, dass die Küche nicht dein Privatweg ist. Wie oft soll ich es dir noch sagen. Ich bekomme Ärger mit dem Gesundheitsamt, wenn die dich in der Küche erwischen. Die sind in letzter Zeit ständig hier im Viertel und total streng wegen ein paar schwarzen Schafen. Dass du nur durchläufst, ist denen egal", schimpfte ChungLi.

Immer noch verdattert blickte Kimberly erst auf ihn, dann auf den Hund. „Tut mir leid", stotterte sie, „bitte sag es nicht meinen Eltern. Kommt wirklich nicht wieder vor." Ihr war bewusst, dass sie regelrecht bettelte. „Darf ich heute noch mal durchlaufen? Ich komme eh schon zu spät", fügte sie leise hinzu.

„Na los! Wie sagt Konfuzius so schön: *Über das Ziel hinausschießen ist ebenso schlimm wie nicht ans Ziel kommen.* Das nächste Mal frag einfach. Und wenn keiner vom Gesundheitsamt in der Nähe ist, kannst du schnell durchhuschen." Galant trat er zur Seite, um ihr Platz zu machen.

„Danke." Kimberly rappelte sich auf und verbeugte sich leicht vor ihm.

Mit hochrotem Kopf und weichen Knien hastete sie durch die Küche zur anderen Straßenseite. Während sie nach Hause eilte, blickte sie ein paar Mal über die Schulter zurück, voller Angst, dass die Bestie wieder auftauchen könnte.

Zu Hause angekommen rannte sie auf die Veranda, riss die Haustür auf und stürzte hinein. Innen lehnte sie sich für einen Moment gegen die Wand. Als sich ihr Atem beruhigt hatte und sie ihre gewohnte sichere Umgebung betrachtete, kam ihr das Erlebnis mit dem Hund unwirklich vor. Sie blickte in den hellen Flur und fand sich selbst albern.

Ich habe eine lebhafte Fantasie, sagte sie sich. Mit einem Seufzer stieß sie sich von der Wand ab und ging in die *Höhle des Löwen.*

„Kimberly Joan Rogers, hast du auf die Uhr geschaut? Du bist mal wieder zu spät, junges Fräulein", zeterte ihre Mutter. „Und schau dich nur an: dein TShirt ist vollkommen verdreckt. Hast du dich etwa im Schlamm gewälzt?"

„Tut mir leid, Mom." Sie wandte sich an ihren Vater. „Dad, du glaubst nicht, was mir passiert ist …"

Der mahnende Blick ihrer Mutter ließ sie gleich wieder verstummen. „Wasch dir die Hände und zieh dir etwas Sauberes an. Beeil dich, sonst wird das Essen kalt." Ihre Augen funkelten. „Und", fügte sie hinzu, „bitte verschone uns mit deinen haarsträubenden Ausreden."

- - -

Am Abend im Bett erschien ihr der ganze Nachmittag nur noch grotesk. Die Hexe mit ihrer unheilvollen Drohung. Der weiße Hund mit seinen bösen Augen. Kimberly lachte still in sich hinein. *Was für ein Durcheinander? Ich und meine Fantasie. In Zukunft lese ich weniger gruselige Bücher.*

Zum Glück hatte Franklin nicht miterlebt, wie sie heulend und wimmernd am Boden lag. Angst vor so einer Knutschkugel. Das hätte er ihr ewig vorgehalten. Seit wann hatte ChungLi überhaupt einen Hund im Hof? *So, ab jetzt wird kein Gedanke mehr daran verschwende*t, befal sie sich.

Die roten Ziffern der Uhr verrieten ihr, dass sie schon längst schlafen sollte. Müde schloss sie die Augen, kuschelte sich in ihre flauschige Decke. Ihr letzter Gedanke galt dem Freibad. Sonne, leckeres Eis, Pommes, das Wellenbad und die neue Wasserrutschte *El Tornado*.

„Das wird morgen einfach genial", flüsterte sie in ihr Kissen. Noch einmal gähnte sie herzhaft. Dann träumte sie von einer halsbrecherischen Rutschpartie, bei der sie ein Eis mit zehn Kugeln balancierte.

Irgendetwas weckte Kimberly. Verschlafen blickte sie auf die Uhr neben ihrem Bett: Mitternacht. Angestrengt lauschte sie in die Stille, um herauszufinden, wovon sie wach geworden war. Von nebenan drang das Schnarchen ihres Vaters leise durch die Wand. Sonst war kein Mucks zu hören. Entspannt drehte sie sich auf die Seite und war schon fast wieder eingeschlafen, als sie ein Kitzeln im Gesicht spürte. Ungeduldig wischte sie mit dem Handrücken über die Stelle. Es kitzelte nicht mehr – für einen Moment. Dieses Mal spürte sie etwas am Hals. Wasauchimmereswar bewegte sich langsam über ihren Arm. Mit der rechten Hand schlug sie danach. Augenblicklich kribbelte es an ihrem Bauch.

„Was um alles in der Welt", schimpfte sie leise. Genervt drehte sie sich auf die andere Seite und versuchte, sich zu entspannen. Doch nun kitzelte es an ihrem Rücken. Das ließ sich auf keinen Fall ignorieren.

Was war das nur? *Es* kroch hoch bis zum Hals und zum Ohr. Sie hielt es nicht mehr aus, warf die Decke von sich und sprang aus dem Bett. Um das lästige Gefühl loszuwerden, wuschelte sie sich durch die Haare. Sie wollte schon zurück unter die Decke, als sie aus dem Augenwinkel etwas fallen sah. Augenblicklich kehrte die Angst zurück. Mit einem Kloß im Hals blickte sie genauer hin.

Eine Spinne. So groß wie Kimberlys Faust. Haarige, lange Beine. Der dicke ovale Körper erinnerte an einen Onyx. Schwarzer Stein mit rotem Punkt. Fassungslos starrte sie darauf. Das durfte doch nicht wahr sein. Vor Ekel begann sie zu würgen. Nur nicht übergeben! Sie trat einen Schritt zurück. Unter ihrem Fuß spürte sie etwas Weiches, Klebriges. Entsetzt hüpfte sie zur Seite und – traute ihren Augen nicht. Auf dem Teppich lag eine plattgedrückte Spinne. Vor Schreck kreischte sie auf.

In der nächsten Sekunde entdeckte sie eine Spinne an der Tür, eine weitere auf ihrem Kissen … Aus welchen Löchern sie krochen, war nicht zu begreifen. Tatsache war, dass es immer mehr wurden. Wo sie auch hinschaute – überall Spinnen. Hunderte, wenn nicht Tausende!

Bitte lass sie nicht giftig sein, flehte Kimberly stumm. Aus Angst, wieder auf eine Spinne zu treten, blieb sie wie angewurzelt stehen. Als Nächstes bemerkte sie eines der Viecher auf ihrem nackten Fuß. Haarige Beine bewegten sich langsam vorwärts. Panik schnürte ihr die Kehle zu. Vor Angst konnte sie nicht einmal mehr atmen. Sie öffnete den Mund, um loszuschreien. Doch es blieb bei einem Wimmern. Im nächsten Moment fiel etwas auf ihren Kopf. Es fühlte sich wie ein besonders fettes Exemplar an. Langsam, aber zielstrebig, wanderte es nach unten in Richtung Stirn. Instinktiv schloss Kimberly die Augen. In dem Moment zwickte es sie und ein brennendes Gefühl breitete sich auf ihrem Scheitel aus.

Sie hat mich gebissen! Kimberly war außer sich, konnte nicht mehr stillstehen. Wie von der Tarantel gestochen hüpfte sie herum. Kratzte ihren Kopf. Wischte sich das Gesicht.

„Haut ab!", schrie sie völlig verzweifelt. „Verschwindet! Lasst mich in Ruhe!"

Unter ihren Füßen knackte es immer wieder …

Sie musste raus aus diesem Zimmer, stolperte zur Tür. Immer wieder das Geräusch unter ihren Füßen. Als sie einen stechenden Schmerz in ihrer Fußsohle fühlte, brüllte sie wie ein verwundetes Tier und stürzte zu Boden.

Als hätten die Spinnen nur darauf gewartet, fielen sie über Kimberly her. Die Beine auf ihren geschlossenen Augenlidern, fühlten sich an wie Nadelstiche. Kalter Schweiß rann ihr von der Stirn, während ihr Herz wummerte. Das Atmen fiel ihr immer schwerer. Und zu allem Überfluss fühlte sich ihr Fuß taub an, genau dort, wo das Scheusal zugebissen hatte. Sie wand sich unter den Spinnen, versuchte zu entkommen, aber es war aussichtslos.

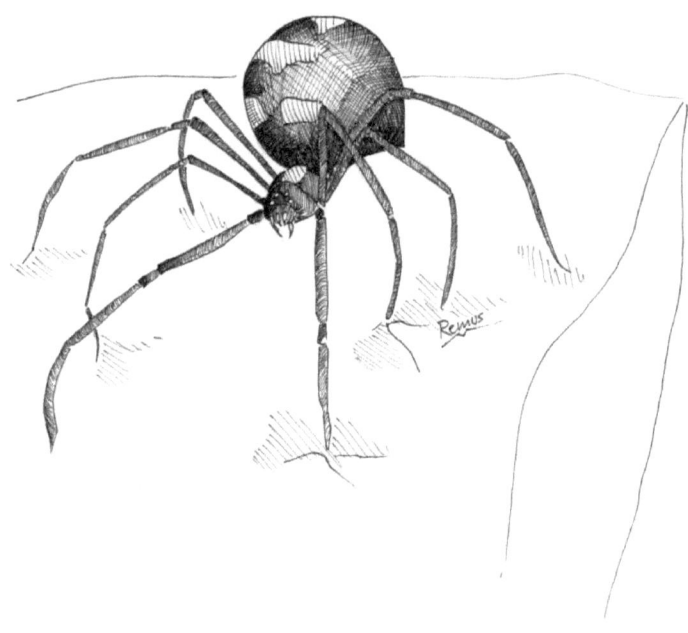

5

Hinter ihren flackernden Augenlidern wurde es hell.

„Was ist hier los?", fragte ihr Vater.

„Spinnen, überall Spinnen. Mach sie weg, töte sie", presste Kimberly hervor. Sie traute sich nicht, den Mund zu öffnen, kniff die Augen wieder fest zusammen und strampelte wild um sich. „Da in meinem Gesicht, an den Beinen. Du musst sie doch sehen … Beeil dich, Dad. Tu was!"

„Beruhige dich, Schatz. Hier gibt es keine Spinnen. Du hast nur schlecht geträumt."

Als sie die Hand ihres Vaters auf der Schulter spürte, öffnete sie langsam die Augen. Ihr Herz schlug bis zu ihrer ausgedörrten Kehle. Fassungslos schaute sie sich um.

„Aber …" In ihrem Zimmer befand sich keine einzige Spinne. Sie spürte etwas auf ihrer Brust – der Traumfänger. Normalerweise hing er über ihrem Bett an der Decke.

„Alles gut?", erkundigte sich ihr Vater gähnend.

Zögernd nickte sie.

„Na dann gute Nacht, Prinzessin."

Ihr Dad schloss die Tür. Seine Schritte tapsten über den Flur. Kurz darauf hörte Kimberly das Bett knarren. Es dauerte nicht lange, bis sein Schnarchen ertönte.

Erschöpft richtete sie sich auf. Eine Zeit lang starrte sie auf den Fußboden vor dem Bett, als könnte sie damit die Spinnen aus ihrem Versteck locken.

Dann untersuchte sie das gesamte Zimmer auf allen vieren. Keine Spur von einer Spinne, nicht einmal ein totes Exemplar unter dem Bett, auch kein verwaistes Spinnennetz in einer Ecke.

Müde legte sie sich wieder ins Bett. Aus Angst traute sie sich nicht, das Deckenlicht auszuschalten und beschloss, sicherheitshalber die restliche Nacht wach zu bleiben. Keine zehn Pferde würden sie ins Traumreich locken. Sie lauschte auf das Ticken der Uhr, beobachtete Schatten an der Wand. Nein – keine Spinnen! Ihr Vater schnarchte. Die Uhr tickte weiter. Dann hörte sie nichts mehr …

- - -

Sonnenstrahlen weckten Kimberly. Automatisch drehte sie sich um und versuchte, wieder einzuschlafen. Die Erinnerung an die letzte Nacht traf sie wie ein Hammerschlag. Ruckartig setzte sie sich auf. Die Müdigkeit war verflogen. Mit einem mulmigen Gefühl im Magen ließ sie den Blick durch ihr Zimmer gleiten. Erleichtert atmete sie auf – nichts Ungewöhnliches! Ihr Herzschlag beruhigte sich.

„Puh, vielleicht war es ja doch nur ein ganz böser Traum", sagte sie leise.

Da sie schon wach war, stand sie auf. Sie war gerade dabei, sich ausgiebig zu strecken, als es an ihrer Zimmertür klopfte.

„Herein, wenn es keine Spinne ist."

Ihr Vater betrat das Zimmer. „Franklin wartet unten auf dich, Prinzessin."

„Danke, Dad. Sag ihm bitte, dass ich sofort komme."

Aber ihr Vater blieb. „Konntest du nach deinem Albtraum wieder einschlafen?", erkundigte er sich. „Du siehst müde aus." Er schien ehrlich besorgt. Sein Blick schweifte zum Schreibtisch. „Lesen ist mit Sicherheit eine feine Sache, aber du solltest dich nicht unbedingt kurz vor dem Schlafen mit solchen Büchern beschäftigen. Kein Wunder, dass du schlecht träumst." Er strubbelte ihr durchs Haar. „Dann sag ich Franklin jetzt Bescheid. Mögt ihr Pfannkuchen?"

„Super Idee!" Sie war begeistert.

Kaum hatte ihr Vater die Tür hinter sich geschlossen, flitzte sie zum Schreibtisch und – erstarrte. In der Mitte lag ihr Biologiebuch und es war aufgeschlagen. Eindeutig erkannte sie die Spinne von letzter Nacht. *TrichternetzSpinne*, stand in großen Buchstaben unter dem Bild.

Verdammt, was geht hier bloß vor sich?, fragte sie sich. Während sie ihre Sachen zusammensuchte, grübelte sie darüber nach.

- - -

Nach einer riesigen Portion Pfannkuchen für jeden brach Kimberly mit Franklin in Richtung Freibad auf, bereit für jede Menge Spaß, Action und leckeres Eis. Vergessen waren der Schrecken der Nacht und die Sache mit dem Biologiebuch. Sicher gab es auch dafür eine logische Erklärung.

- - -

Zwischen Handtüchern, Decken und Taschen, die überall auf dem Rasen verstreut lagen, schlängelten sie sich hindurch. Endlich entdeckten sie ein freies Plätzchen, etwas abseits von Imbiss und Becken, aber im Schatten. Praktisch bei diesen Temperaturen.

„Was hältst du davon?", fragte Franklin.

„Ist gekauft", rief ihm Kimberly zu, die ein paar Schritte hinter ihm war.

Rasch breiteten sie die Decken aus und schlüpften aus ihren Sachen. Das Badezeug trugen sie unter den Klamotten.

„Fertig. Wer als Erster im Wasser ist …", johlte Kimberly.

Sie fühlte sich großartig, zu jeder Schandtat bereit. Ohne auf Franklin zu achten, sprintete sie los. Kurz vor dem Wasserbecken überholte er sie.

„Das ist gemein, du hast viel längere Beine", meckerte sie. *Mist,* fügte sie im Stillen hinzu.

Lachend erreichten sie das Wellenbecken, von dem Jung und Alt magisch angezogen wurde. Wie immer war es brechend voll. Jede halbe Stunde erzeugte eine Maschine Wellen, worauf alle warteten.

„Ist das kalt!", quiekte Kimberly, als sie ihren Zeh ins Wasser steckte.

„Stell dich nicht so an, du Memme." Mit großen Schritten stürmte Franklin an ihr vorbei. Das hochspritzende Wasser traf sie mit voller Wucht.

„Das verlangt nach Rache", schrie sie und stürzte sich auf ihn. Dabei schnappte sie sich einen Eimer, der neben ihr im flachen Wasser schwamm.

„Aber …", beschwerte sich ein kleiner Junge in ihrer Nähe.

„Bekommst du gleich wieder!" Weiteren Protest ignorierend füllte sie den Eimer bis zum Rand und schüttete ihn schwungvoll auf Franklin, der vor ihr auf dem Bauch im flachen Wasser lag. Augenblicklich rappelte er sich hoch und revanchierte sich mit einer nassen Ladung. Der Eimer landete im Becken, der Junge angelte ihn sich. Als Kimberly in seine

Richtung schaute, streckte er ihr die Zunge raus, aber das war ihr egal. Ausgelassen tobten sie herum, bis ein lautes Tuten die Wellen ankündigte.

„Los, wir gehen tiefer rein!" Sie watete durch die größer werdenden Wellen, bis das Wasser ihr zu den Schultern reichte. Mit jeder ankommenden Woge hüpfte sie hoch. Dann drehte sie sich zu Franklin um. „Lass uns das Schwimmbad rocken!", rief sie übermütig.

Von der nächsten Welle ließ sie sich mitreißen und in das flache Wasser zurückspülen. Als ihr Bauch den Boden berührte, sprang sie schnell auf, um sich wieder ins Tiefe zu kämpfen.

„Ich liebe es", grölte sie in Franklins Richtung. Schon stürzte sie sich wieder nach vorn. „Wir treffen uns im Flachen, du lahme Schnecke." Dort angekommen schwamm sie sofort zurück, bereit für den nächsten Ritt. Kurz blieb sie stehen und versuchte, Franklin in der Menge auszumachen, aber er war verschwunden.

„Na dann, auf ein Neues!" Sie ließ sich packen und mitreißen. Die nächste riesige Welle überrollte sie förmlich. Das Wasser schlug über ihrem Kopf zusammen und zog sie nach unten. Vergeblich versuchte sie, auf die Beine zu kommen. Der Schaum nahm ihr die Sicht. Wo war der Beckenboden, wo der Rand? Da – ein Sonnenstrahl. Sie kämpfte sich in diese Richtung. Wieder über Wasser schnappte sie gierig nach Luft. Ihre Füße streiften den Boden, doch schon wurde sie von der nächsten Welle gepackt. Jetzt bekam sie Angst. Das war kein

Spaß mehr. Panisch schlug sie um sich, schaffte es kaum, an der Oberfläche zu bleiben.

Wo sind plötzlich alle hin, fuhr es ihr durch den Kopf. Nur ein paar Vögel am Himmel – sonst nichts. Noch einmal streckte sie sich, aber ihre Füße fanden keinen Halt. Das konnte doch nicht wahr sein! Als sie sich umblickte, war sie zu ihrem Entsetzen von dunklem, trüben Wasser umgeben. Hektisch drehte sie sich um. Wasser, wohin das Auge reichte. Ein Geruch von Algen, Salzwasser und Fisch stieg ihr in die Nase. Bilder von Haien

tauchten vor ihrem inneren Auge auf. *Was in drei Teufels Namen ...*, schrie sie in Gedanken. *Nein, nein, nein ...*
Eine gigantische Welle rollte auf Kimberly zu. Verzweifelt versuchte sie, ihr zu entkommen, schwamm um ihr Leben. Immer wieder drang brackige Brühe in ihren Mund. Angewidert spuckte sie. Verbissen kämpfte sie um jeden Meter. Doch es gab kein Entkommen. Eine Welle traf sie mit solcher Wucht, dass sie nach unten gezogen wurde. Wie ein Blatt im Wind wirbelte sie durch das Wasser, während sie mit Armen und Beinen strampelte. Es dauerte nicht lange, bis ihre Gliedmaßen sich anfühlten wie Blei. Sie war am Ende ihrer Kräfte. Ihre Lunge brannte. Keine Sekunde länger würde sie die Luft anhalten können.

Mom, Dad, Franklin ..., flehte sie in Gedanken. Langsam öffnete sie den Mund, sie wollte atmen. Das kühle, salzige Nass strömte in Richtung Lungen. *Okay,* dachte sie überrascht, *das habe ich mir schlimmer vorgestellt.*
Still sank sie weiter nach unten. Wie gerne hätte sie noch einen Sonnenstrahl gesehen, aber um sie herum war alles grau. Sie schloss die Augen.

6

Mit einem Ruck wurde sie nach oben gerissen. Sie hustete sich die Seele aus dem Leib und hechelte wie verrückt, weil sie nicht genug Luft bekam. Noch immer schmerzten ihre Lungen. Sie konnte keinen klaren Gedanken fassen. Die Welt drehte sich.

„Kimmy, ganz ruhig!" Wie durch Watte hörte sie Franklins Stimme. „Konzentriere dich."

Sie spürte seine Hände auf ihren Schultern. Ganz sachte schüttelte er sie. Es gelang ihr, einen Schwall Chlorwasser auszuspucken. Augenblicklich ließ der Druck auf der Brust nach. Irritiert schaute sie auf. Um sie herum standen Menschen, die ihr besorgte Blicke zuwarfen.

„Alles in Ordnung?", erkundigte sich Franklin.

Er hielt sie immer noch fest und dafür war Kimberly ihm sehr dankbar. Schwach nickte sie.

„Die Show ist vorbei. Wenn es Ihnen gefallen hat, freuen wir uns über Spenden", rief Franklin der glotzenden Menge zu.

Im Nu drehten sich fast alle weg. Einige senkten beschämt den Blick.

„Komm!" Er half ihr auf und führte sie durch das knietiefe Wasser zum Beckenrand, dann weiter zum Liegeplatz.

Zitternd legte Kimberly sich auf die Decke und wünschte sich augenblicklich, sie hätten einen sonnigeren Platz ausgewählt.

„Was ist los mit dir? Hast du über Nacht verlernt, zu schwimmen?"

Was meinte Franklin? Die Angst vor dem Ertrinken, die sie ausgestanden hatte, lähmte sie noch immer. Mit einem Mal wirkten die Schatten bedrohlich, als würden sie nach ihr greifen. Das Rauschen der Blätter hörte sich an wie ein gehässiges Lachen.

„Du hast herumgestrampelt wie ein Baby, das gerade schwimmen lernt", fügte Franklin hinzu.

Wie ein nasser Sack plumpste er neben sie. Ihre Blicke trafen sich. Offensichtlich erwartete er eine Erklärung.

„Hahaha, sehr witzig. Ich wäre beinahe ertrunken, du Idiot", fauchte sie.

„Was ist mit dir?", fragte er sanft.

Damit nahm er ihr den Wind aus den Segeln. Unwirsch zuckte sie mit den Schultern. „Was weiß ich?"

Dass sie große Angst hatte und völlig verzweifelt war, konnte sie ihrem Freund gegenüber nicht zugeben. Genau wie Franklin fragte sie sich, was mit ihr los war. Erst der Hund, dann die Spinnen und jetzt das Drama im Schwimmbecken. Für den Monsterhund und die Nummer mit den Spinnen gäbe es ja vielleicht noch eine Erklärung. Womöglich hatte ihr da ihre Fantasie einen Streich gespielt. Aber gerade eben – das war keine Einbildung gewesen. Den Schmerz in der Lunge spürte sie immer noch.

„Komm, ich lade dich auf eine Portion Pommes ein." Mit diesem Angebot riss Franklin sie aus ihren düsteren Gedanken.

„Okay, aber mit Mayo und Ketchup", murmelte sie und stand vorsichtig auf. Erleichtert stellte sie fest, dass ihr nicht mehr schwindlig war. „Lass uns gehen. Mir ist kalt", brummelte sie noch.

Sobald sie in die heiße Mittagssonne trat, fühlte sie sich besser. Hier im Schwimmbad, mit all den Menschen, auf dem Weg zum Imbiss, verblasste das Erlebnis allmählich. Jetzt kam sie sich ein bisschen albern vor. Ob sie sich doch alles eingebildet hatte? *Klar*, redete sie sich gut zu, *was sonst*? Tief in ihrem Inneren spürte sie allerdings, dass sie sich etwas vormachte.

„Was war denn nun los?", fragte Franklin noch einmal. Inzwischen standen sie in der Warteschlange vor dem Imbiss.

„Ich weiß es ehrlich gesagt nicht", gestand sie. „Seit gestern passieren mir die absurdesten Dinge."

Bevor Franklin nachfragen konnte, waren sie an der Reihe.

„Zweimal Pommes RotWeiß und zwei große Cola", bestellte er gut gelaunt. „Und eine von ihren großen Naschtüten, aber ohne Lakritz."

Mit ihrer Ausbeute setzten sie sich auf dem Spielplatz, der direkt neben dem Kiosk lag, in den warmen Sand und lehnten sich an den Rand der Sandkiste.

„Fast wie am Strand", erklärte Franklin – so wie jedes Mal.

Nachdem sie die ersten Pommes verdrückt hatte, legte sich Kimberly in den Sand und beobachtete die wenigen Wolken am Himmel.

„Was meintest du damit, dass dir absurde Dinge passieren?" Franklin schmatzte genüsslich.

„Du musst mir versprechen, nicht zu lachen." Hoffentlich merkte er, dass es ihr todernst war.

„IndianerEhrenwort!" Feierlich hob er die rechte Hand. *Jetzt oder nie,* dachte sie. Hastig erzählte sie ihm von dem gigantischen, weißen Höllenhund mit seinen glühenden Augen, der sie angreifen wollte. Auch das Erlebnis mit den Spinnen schilderte sie bis ins kleinste Detail. Als sie von dem Erlebnis im Wasser berichtete, wurde ihr etwas übel. *Oh Mann, das klingt sogar in meinen Ohren verrückt*, dachte sie.

Franklin schwieg eine Weile, dann kicherte er.

„Blödmann. Du hast es versprochen!"

„Tut mir leid, aber das aus deinem Mund. Hast du dich nicht gestern noch über andere lustig gemacht und behauptet, dass du vor nichts Angst hast?"

„Schon, aber seit gestern sind so viele verrückte Sachen passiert. Und heute …" Ein Schauer erfasste sie. „Franklin, das war gerade kein Spaß. Ich bin wirklich fast ertrunken."

„Ganz schön heftig." Er kratzte sich am Kopf. „Lass uns das Ganze noch mal durchgehen, der Reihe nach. Du behauptest also, dass vor dir ein riesiger, gefährlicher Hund stand, der nur darauf wartete, dich zu zerfleischen. Und als der Koch nach draußen kam, hatte sich das Monster in einen harmlosen, kleinen Spitz verwandelt."

Kimberly sah deutlich, dass sich Franklin das Lachen verkneifen musste.

„Hattest du nicht schon immer Angst vor Hunden?"

„Aber nicht vor so kleinen …", gab sie beleidigt zurück. „Ich habe den ranzigen, heißen Atem von diesem Scheusal gerochen und sein Knurren gehört. Da hättest du genauso Panik geschoben."

„Und die Spinnen? Schon mal daran gedacht, dass es vielleicht ein Albtraum gewesen sein könnte."

Warum nur zog Franklin ihre Angst ins Lächerliche? „Ja klar, aber ich lag nicht in meinem Bett, als mein Vater ins Zimmer kam", fuhr sie ihn an. „Und dass ich fast abgesoffen bin, ist wohl auch nur ein Traum gewesen? Nein, ich war draußen auf dem offenen Meer und diese gigantische Welle hat mich nach unten gezogen."

„Dir ist schon klar, dass es gar keine Wellen mehr gab und du im knietiefen Wasser herumgestrampelt hast, als würdest du einen Handstand versuchen. Du kannst mir glauben, wärst du in Gefahr gewesen, hätte ich dich sofort rausgezogen." Voller Wut sprang sie auf und marschierte zu ihrer Decke. Kaum trat sie aus der Sonne, kehrte das beängstigende Gefühl zurück. Die Schatten griffen wieder nach ihr. Zitternd schlang sie die Arme um den Körper. Aus dem Augenwinkel sah sie, dass Franklin ihr gefolgt war.

„Tut mir leid." Freundschaftlich legte er den Arm um ihre Schultern. „Was hältst du davon, wenn wir uns anziehen und mit dem Bus zum Rummelplatz fahren", schlug er vor. „Dann suchen wir die Hexe noch einmal auf. Du fragst sie nach deinem Fehler und entschuldigst dich. Vielleicht beruhigt das dein Gewissen und danach …"

„Meinst du?", unterbrach sie ihn. Ganz überzeugt war sie nicht.

„Ich glaube, dass deine Fantasie dir einen Streich spielt, weil du ein schlechtes Gewissen hast. Also lass es uns aus der Welt schaffen." Er zog sich trockene Sachen über und packte die Badesachen zusammen. „Dann gebe ich Calypso auch das fehlende Geld", fügte er hinzu.

7

Am frühen Nachmittag stiegen Kimberly und Franklin am Rummelplatz aus dem Bus. Schon von Weitem hörten sie Kinderlachen. Verkäufer priesen lauthals ihre LosStände an, untermalt von den Liedern der verschiedenen Fahrgeschäfte.

Je näher sie dem Rummelplatz kamen, umso lauter wurden die Geräuschkulisse und Kimberlys Angst. Als Calypsos Wohnwagen in Sichtweite war, blieb sie stehen.

„Na komm, du Schisshase!" Aufmunternd stupste Franklin sie in die Seite. „Bringen wir es hinter uns."

Mit wackeligen Beinen stakste sie auf den Wohnwagen zu und versuchte, den dicken Kloß in ihrem Hals hinunterzuschlucken. Ihr Mund fühlte sich an wie die Wüste Sahara. Als Calypsos Domizil nur noch wenige Schritte entfernt war, blieb sie erneut stehen. „Trinken", krächzte sie.

Franklin rollte mit den Augen und reichte ihr den Rest seiner Cola aus dem Schwimmbad.

Gierig trank sie das inzwischen warme Getränk aus. „Bäh!"

„Besser?", fragte Franklin.

„Ich glaube, ich gehe lieber morgen zu ihr", sagte Kimberly und drehte sich um.

„Nichts da!" Er hielt sie am Arm zurück. „Du musst das klären." Am Saum ihres TShirts zerrte er sie zum Wohnwagen. Dort angekommen bugsierte er sie die Treppe nach oben. „Und jetzt klopfen oder soll ich das auch noch übernehmen!"

Vorsichtig tat Kimberly wie ihr geheißen. „Ich glaube, es ist niemand da", sagte sie schnell. *Bitte mach, dass keiner da ist*, flehte sie im Stillen.

„Du musst schon richtig klopfen."

Kimberly sah, wie Franklin mit den Augen rollte. Jetzt hämmerte er gegen die Tür. Sie lauschten. Nichts. Kein Laut.

„Siehst du: niemand da." Sie atmete auf.

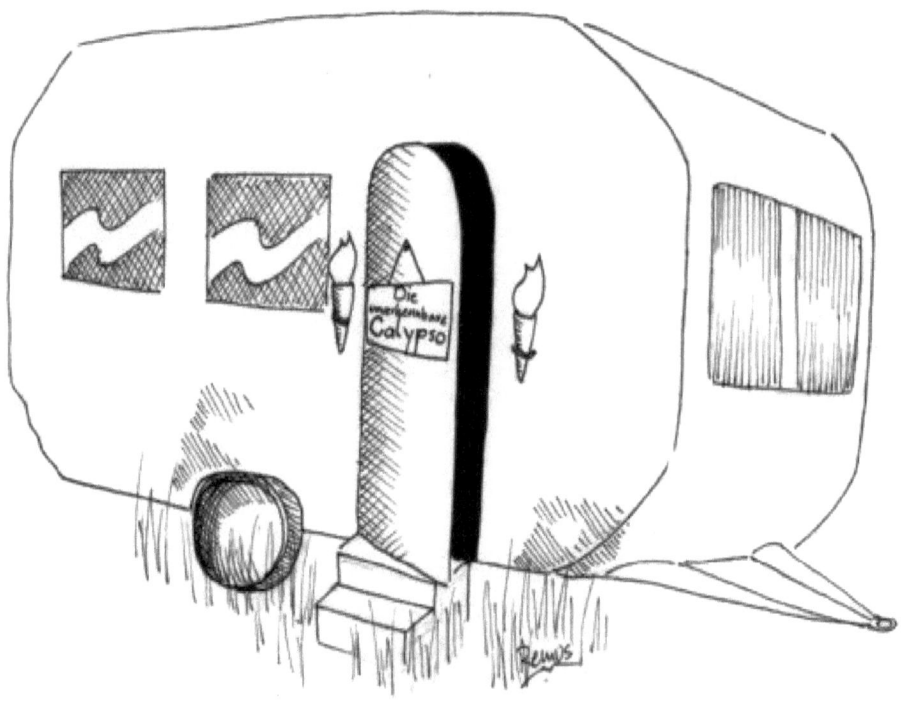

Genau in diesem Moment wurde die Tür aufgerissen. Erschrocken zuckte sie zusammen.

„Na ihr zwei, was führt euch zur Hexe Calypso?"

Vor ihnen stand eine bildschöne, junge Frau. Kimberly schätzte sie auf Mitte zwanzig. Die glatten blonden Haare reichten ihr bis zur Hüfte. Auf ihrem Kopf thronte ein bunter Blumenkranz. Trotz der Hitze trug sie eine langärmelige weiße Bluse, ein braunes Korsett und einen dazu passenden bodenlangen Rock.

„Ich … äh … eigentlich …" Kimberly fühlte sich vollkommen überrumpelt.

„Du brauchst keine Angst zu haben. Ich beiße nicht", erklärte die junge Frau mit einem Augenzwinkern. „Weißt du, ich bin eine gute Hexe."

„Ja, aber gestern …" Kimberly brachte keinen vernünftigen Satz zustande.

„Möchtet ihr reinkommen?" Die Blonde trat einladend zur Seite.

„Ja … nein … also …", stotterte Kimberly.

Ziemlich verwirrt schaute die Frau von einem zum andern. „Ja, was denn nun?", fragte sie.

Franklin ergriff das Wort. „Entschuldigen Sie. Das ist meine Freundin Kimberly, mein Name ist Franklin. Es ist so, dass wir gestern schon einmal hier waren. Eine Hexe namens Calypso wies Kimmy darauf hin, dass sie einen Fehler begangen hat. Sollte sie das nicht einsehen, hätte sie die Folgen zu tragen. Sie müsste auch zu ihrer Angst stehen. Also, das klingt jetzt wohl etwas verwirrend, aber seitdem passieren merkwürdige Dinge", erklärte Franklin. „Und meine Freundin, nun ja, hält die Vorhersage mittlerweile irgendwie für bare Münze und glaubt, verflucht zu sein. Sie hat große Angst."

„Jetzt bin ich an der Reihe, verwirrt zu sein", erwiderte die Frau. „Ich bin nämlich die Hexe Calypso und an euch würde ich mich garantiert erinnern."

„Oh, dann muss es ihre Kollegin gewesen sein: uralt, trübe Augen, schwarzes Kleid, schlohweißes Haar und ganz viele Falten", erklärte Kimberly. Ihr wurde leicht übel.

Calypso zuckte ratlos mit den Schultern. „Tut mir leid, da kann ich euch nicht helfen. Der Wohnwagen gehört mir. Ich habe keine Kollegin, es gibt hier keine andere Hexe."

„Doch, es muss eine andere geben. Ich muss unbedingt wissen, was sie meinte. Der Fluch …" Kimberly konnte nicht weiterreden. Mit Entsetzen spürte sie, dass sich Tränen ankündigten.

„Kommt erst einmal herein." Calypso trat zur Seite und deutete mit der Hand zu den Stühlen.

Im Wohnwagen hatte sich nichts verändert. Alles stand am gleichen Platz, genauso wie Kimberly es in Erinnerung hatte. Sie setzten sich.

„Nun berichte mal der Reihe nach." Freundlich nickte Calypso ihr zu.

„Ich weiß doch auch nicht", stotterte sie. „Ich war neugierig auf eine Weissagung. Dann hat es mich geärgert, als die Alte sagte, dass ich Angst hätte. *Dummes Zeug*, glaubte ich. Aber dann sind all diese Dinge geschehen."

Sie erzählte Calypso von dem Hund, den Spinnen und dem Erlebnis im Schwimmbad. „Vielleicht ist das Böse wirklich hinter mir her." Damit endete sie. Mit den Nerven war sie vollkommen fertig.

„Verstehe!" Calypso fuhr sich durch einen unsichtbaren Bart. „Entschuldige, wenn ich dich das jetzt frage, aber hast du dich in letzter Zeit, nun ja, jemandem gegenüber gemein verhalten oder einer Person Unrecht getan?"

Einen Moment überlegte Kimberly, schüttelte dann den Kopf.

„Können sie ihn brechen – diesen Fluch?", fragte sie voller Hoffnung.

„Jede andere Wahrsagerin würde dich in dieser Situation nur zu gerne ausnehmen. Ich wette, du wärst bereit, jeden Preis zu zahlen, wenn nur der Fluch gebrochen wird." Calypso schüttelte den Kopf. „Aber die Wahrheit ist, den Fluch kann nur die Person aufheben, die ihn ausgesprochen hat."

„Aber wo finde ich diese Frau?"

„Ich kann dir leider nicht helfen." In Calypsos Blick lag echtes Bedauern.

Vollkommen aufgelöst sackte Kimberly im Stuhl zusammen. In diesem Moment wurde ihr klar, dass sie wirklich und wahrhaftig an diesen Fluch glaubte. Gleichzeitig fragte sie sich, wie so etwas möglich war

„Kann man nicht irgendetwas tun?", erkundigte sich Franklin besorgt. „Sie kann doch nicht andauernd Todesangst ausstehen."

Erstaunt sah Kimberly ihn an. Auch wenn er vielleicht nicht an Magie glaubte, war ihm offenbar klargeworden, dass seine Freundin ein echtes Angstproblem hatte.

„Tut mir leid, aber ich weiß keinen Ausweg."

Vollkommen entmutigt erhob sich Kimberly von ihrem Stuhl und trottete zur Tür.

„Moment, mir ist etwas eingefallen", rief Calypso.

„Gibt es doch eine Möglichkeit?" Rasch drehte Kimberly sich um. Hoffnung keimte in ihr auf.

„Nicht so direkt, also nichts Konkretes, aber ich erinnere mich an die Legende von einer Hexe, die vor vielen hundert Jahren in der Gegend lebte."

Gebannt lauschte Kimberly. Sie fand es gut, dass auch Franklin konzentriert zuhörte.

„Der Legende nach ist sie hier auf der Wiese in ihrem Haus verbrannt. Unter uns Hexen hält sich das Gerücht, dass sie immer wieder auftaucht." Calypso machte eine Pause und schaute Kimberly eine Weile ruhig an. „Aber sie erscheint nur, wenn ein Mensch einem anderen Unrecht zufügt und es nicht zugibt."

„Eine Tote hat mich verflucht?" Kimberly war entsetzt. „Das kann auch nur mir passieren." Jetzt rannen ihr Tränen über die Wangen.

„Na, na, na, nicht weinen." Tröstend legte Calypso einen Arm um sie. „Wenn dir einfällt, was du falsch gemacht hast, dann endet der Fluch ganz automatisch."

Hilflos schüttelte Kimberly den Kopf. „Das weiß ich wirklich nicht. Ich meine, wir haben nicht bezahlt, aber das mit dem Bösen hatte sie schon davor gesagt. Kann sie das vorhergesehen haben?"

„Das denke ich eher nicht. Wegen Geldschulden würde eine Hexe niemanden verfluchen. Es muss etwas anderes sein."

Calypso reichte Kimberly ein Taschentuch. Geräuschvoll schnäuzte sie sich.

„Etwas könnte ich versuchen, eine Art Lokalisierungszauber", überlegte Calypso. „Sobald ich mehr weiß, melde ich mich. Jetzt müsst ihr aber gehen. Da kommt zahlende Kundschaft."

Sie verabschiedeten sich und Kimberly ließ sich von Franklin aus dem Wohnwagen ziehen. Auf dem Weg zum Ausgang des Rummelplatzes ging ihr nur ein Gedanke durch den Kopf: *Soweit sind wir also. Ich glaube an Hexen. Von einer wurde ich verflucht, mit einer anderen habe ich mich gerade verbündet.*

8

„Komm, lass uns einen Film gucken, von mir aus auch eine Liebesschnulze", sagte Franklin. „Das lenkt dich ab."

Er ergriff ihre Hand und zog sie mit in den Keller, wo sich der Partyraum befand. Seine Eltern hatten dort einen UltraHDFernseher aufgestellt.

Lässig ließ sich Kimberly auf das *Big Sofa* plumpsen und schnappte sich die Chipstüte vom Tisch. Franklin durchsuchte *Netflix* nach einem interessanten Film.

„Hier, was hältst du von *Findet Nemo?*"

Demonstrativ hob Kimberly die Hand und täuschte ein gigantisches Gähnen vor.

„Ist ja schon gut. Wie wäre es mit *Küss den Frosch?*"

Noch rechtzeitig duckte er sich vor dem anfliegenden Kissen.

„Machst du dich über mich lustig?" Kimberly lachte. „Ich bin für *Die Tribute von Panem*. Die wollten wir uns doch schon lange mal reinziehen."

„Bist du sicher, dass du das ausgerechnet heute sehen willst?"

„Ich bin nicht aus Zucker und das ist nur ein bisschen Action", erklärte sie. Dass Franklin sie wieder so besorgt anschaute, ging ihr gewaltig auf die Nerven.

Er zuckte mit den Schultern und schaltete den Film an.

„Meinst du, diese, na ja, diese Hexe redet mit mir und lässt sich besänftigen?", fragte Kimberly mit vollem Mund.

„Wird schon", nuschelte Franklin.

Von dem Film kriegte sie nicht viel mit. Ihre Gedanken kreisten um das Gespräch mit der jungen Calypso am Vortag. Noch immer konnte sie das Ganze nicht so recht fassen. Hexen und Flüche – all das gab es wirklich. Franklin schien noch immer nicht ganz überzeugt zu sein. Wie lange er gestern versucht hatte, eine rationale Erklärung zu finden. Der gute alte Franklin!

„Vielleicht hat sich der Fluch ja schon erledigt", sagte Franklin schmatzend.

Überrascht blickte Kimberly auf. Hatte er ihre Gedanken gelesen?

„Immerhin ist nach unserem Besuch nichts mehr passiert. Oder hast du mir was zu sagen?", fügte er hinzu.

„Nein, Gott sei Dank nichts. Ich habe geschlafen wie ein Baby. Keine Spinnen, keine Horrorhunde und unter der Dusche bin ich auch nicht ertrunken", witzelte sie, während sie sich eine neue Ladung Chips in den Mund stopfte. „Ist oben noch mehr Cola? Die PeperoniChips machen voll durstig."

„Ich gehe schon", sagte er und erhob sich stöhnend. „Muss eh aufs Klo."

Kimberly hörte, wie er die Treppe nach oben ging und die Kellertür ins Schloss fiel. Danach konzentrierte sie sich auf den Film. Katniss rannte gerade durch den Wald.

- - -

Mit einem Schlag umfing sie Finsternis. Fernseher und Licht waren gleichzeitig ausgegangen.

Sie zuckte zusammen, fing sich aber rasch. „Franklin? Das ist nicht witzig. Dreh die Sicherung wieder rein", rief sie in Richtung Treppe. Dann wartete sie. Gefühlte zehn Minuten. Nichts. Nur Dunkelheit. *„Es reicht"*, schrie sie, so laut sie konnte. Rabenschwärze. Nicht einmal die Hand sah sie vor den Augen.

Wütend sprang sie auf, ging langsam einen Schritt nach dem anderen zur Treppe. Als sie sich in der Nähe der Stufen glaubte, streckte sie die Hände aus, bückte sich und fühlte. Nichts – keine Treppe. Vorsichtig tastete sie sich weiter voran.

„Bald stoße ich auf die Kellerwand und von da aus finde ich die Treppe schon", munterte sie sich auf.

In dieser Sekunde spürte sie ein Hindernis: die Kellerwand. Die Treppe befand sich also ganz in der Nähe. Erleichtert hielt sie sich ganz dicht an der Wand, die überraschend kühl war.

Merkwürdig, überlegte sie. *Ich hätte gedacht, das Holz fühlt sich wärmer an.* Im nächsten Moment spürte sie einen stechenden Schmerz am Mittelfinger. „Autsch!" Sie zuckte zurück.

Ganz vorsichtig versuchte sie, zu ertasten, woran sie sich verletzt hatte. Da war etwas! Zunächst tippte sie auf einen Nagel, doch dieses Ding war länger und gebogen. Irritiert stellte sie sich den Kellerraum vor, konnte aber beim besten Willen nicht herausfinden, worum es sich bei diesem Gegenstand handeln könnte.

„Franklin", rief sie, obwohl sie gar keine Antwort erwartete. „Wenn ich dich erwische, erwürge ich dich persönlich."

Was war das? Gestank breitete sich aus. Es roch vermodert, feucht, nach … Erde! Angewidert verzog sie das Gesicht. Wie eklig! Ihre Finger glitten über die Wand. Ja, sie war feucht, eindeutig. Durch die Berührung löste sich etwas und fiel zu Boden.

Was war hier nur los? Ihr Herzschlag beschleunigte sich. Sie schloss die Augen, atmete langsam aus. *Ist nur Erde!* Dieser Gedanke beruhigte sie. Vor Erleichterung wurde ihr kurz schwindlig. Mit angehaltenem Atem ging sie die Wand entlang. *Wo bin ich nur?,* fragte sie sich.

Drei, vier, fünf Schritte – dann befand sie sich in einer Ecke. Die andere Wand bestand ebenfalls aus Erde. Das konnte sie fühlen. Sie zögerte, ging schließlich um die Ecke und folgte dem Verlauf dieser Wand mit ausgestreckten Armen. Nach zwei weiteren Schritten berührte sie etwas und schrie auf.

„Verfluchter Mist!" Sie steckte sich den verletzten Finger in den Mund und schmeckte Blut. Vorsichtig untersuchte sie mit den Fingern der anderen Hand den Gegenstand. Er fühlte sich kantig an, an einigen Stellen scharf. Vor ihrem inneren Auge tauchte eine Glasscherbe auf. Sie erinnerte sich daran, dass sie früher mit Franklin gerne Archäologen gespielt und häufig Glasscherben im Wald ausgegraben hatte.

Wo zur Hölle bin ich, fragte sie sich. Ihre Wut war schon lange verraucht, jetzt hatte sie Angst. Mit angehaltenem Atem lauschte sie in die Stille hinein. Als ihre Lungen anfingen zu brennen, atmete sie aus und ließ die Schultern hängen. Sie musste einen Weg hinaus finden, denn lange würde sie das nicht mehr aushalten.

Ein Schauer erfasste sie, als sie sich daran erinnerte, wie Gordon sie im Kindergarten im Klo eingeschlossen hatte. Deutlich spürte sie, wie ihr Herz wieder anfing zu hämmern. Das Blut rauschte in ihren Ohren und ihre Beine fühlten sich matschig an. Unsicher stakste sie weiter.

Alles nur Illusion, sagte sie sich. *Die Spinnen gab es nicht und den Hund auch nicht.* Tapfer ging sie weiter bis zur nächsten Wand. *Fünf Schritte breit, zwei Schritte lang*, fasste sie die Fakten noch einmal zusammen. In ihrem Gehirn arbeiteten die Gedanken auf Hochtouren. *Wäre alles eine Illusion, hätte ich aber nicht ertrinken können.*

Als sie sich an das Schwimmbad erinnerte, schmerzte augenblicklich ihre Lunge. Kalter Schweiß bildete sich auf ihrer Stirn.

Und dann wurde ihr etwas klar. *Ein Grab. Ich bin in einem Grab. In meinem Grab.* Todesangst packte sie. Schnürte ihr die Kehle zu. Lähmte sie. Ihre Beine gaben nach. Sie sackte zu

Boden. Kaum berührte sie ihn, sprang sie kreischend auf. Irgendetwas hatte ihr Bein gestreift.

„Nicht schon wieder Spinnen", flüsterte sie. Inzwischen dröhnte ihr Herzschlag in ihren Ohren. Trotzdem bückte sie sich und tastete. Was bedrohte sie?

Neben sich fühlte sie eine nasse Stelle: anscheinend eine kleine Pfütze. Sie tastete weiter. Und dann – wusste sie Bescheid. Insekten. Ungeziefer. Jede Menge. Überall auf dem Boden. Etwas krabbelte an ihrem Bein hoch. Die Panik war stärker als der Ekel und sie griff danach. Eine Kakerlake! Rasch warf Kimberly sie auf den Boden. Angewidert schüttelte sie sich. Hektisch herum hüpfend versuchte sie, so wenig wie möglich den Boden zu berühren. Kakerlaken waren zwar nicht giftig, so viel wusste sie, aber absolut widerlich. Immer wieder knackte es unter ihren Füßen. Sie musste hier raus.

„Hilfe! Hilfe!" Ihr Schrei klang dumpf in ihren Ohren und leiser, als sie es erwartet hatte.

Zu ihrem Entsetzen bemerkte sie, dass es stickiger wurde. Eine neue Panikwelle erfasste sie. In diesem grauenvollen Moment fiel ihr etwas ein. Ihre Lehrerin hatte erzählt, dass Menschen früher mit einer Schnur am Arm begraben wurden, für den Fall, dass sie noch lebten. Die Schnur befand sich an einer Glocke und so konnten sie läuten und darauf hoffen, dass jemand sie hörte, bevor sie erstickten. Ihr wurde speiübel. Fast verrückt vor Angst ging sie das Grab noch einmal ab. Diesmal tastete sie außerdem mit ihren Händen über dem Kopf die Decke ab. Keine Leiter. Kein Rand. Nichts. Verzweifelt sprang sie hoch.

Erde rieselte auf ihren Kopf. Sie schloss die Augen, damit der Dreck nicht hineinfiel.

„Nein, nein, das kann nicht sein. Ich bin bei Franklin im Keller", murmelte sie. Dabei überschlug sich ihre Stimme fast. „Das ist absolut unmöglich." Sie kniff sich in den Arm und keuchte vor Schmerz auf.

Noch immer war es stockfinster und das Atmen fiel ihr schwer. *Ich muss hier raus.* An nichts anderes konnte sie denken. Wild fing sie an über sich zu buddeln. Von der Decke rieselte weiter Erde auf sie, fiel in ihre Augen, in die Nase. Schon nach wenigen Sekunden schmerzten ihre Finger. Nägel brachen ab. Sie stöhnte, hörte aber nicht auf. Tränen liefen ihr über die Wangen.

Sie war noch nicht weit gekommen, als es immer stickiger wurde. Noch schneller arbeiteten ihre Hände. Sie musste einen Tunnel graben.

„Ich schaffe es", flüsterte sie immer wieder vor sich hin. Vor Anstrengung hechelte sie. In dem Grab gab es kaum noch Sauerstoff. Der Schweiß rann ihr inzwischen in Bächen über die Stirn. „Na los, schneller", feuerte sie sich an. Schließlich übermannte sie die Erschöpfung und sie sank auf die Knie. Kakerlaken krabbelten über ihre Beine. Es war ihr egal. Sie schloss die Augen.

„Nur fünf Minuten", stöhnte sie, „nur fünf Minuten, dann grabe ich weiter." Ihre Augenlider fühlten sich bleischwer an. Die Müdigkeit drohte, sie zu übermannen.

„Du … darfst … nicht …" Wenn sie einschliefe, würde sie sterben.

9

Das Atmen fiel leichter. Gierig sog sie die frische Luft ein und blinzelte. Helligkeit umgab sie. Vorsichtig öffnete sie die Augen, hob den Kopf, sah sich um.

„Bin ich im Himmel?", murmelte sie. Ihre Kehle fühlte sich staubtrocken an. Dankbar nahm sie die vertrauten Umrisse von Franklins Keller wahr, sank aber gleich erschöpft zurück auf den Boden. Jetzt quietschte eine Tür. Schritte auf der Treppe – erst langsam, dann immer schneller.

„Heilige Scheiße! Wie siehst du denn aus?" Franklin war über ihr und rüttelte sie an der Schulter.

„Durst", krächzte sie. Eine Sekunde später spürte sie eine Flasche an ihren Lippen. Gierig trank sie, dann richtete sie sich langsam auf, schaute an sich herab. Hände und Arme waren schwarz und vollkommen zerkratzt, ein Fingernagel blutete. Das rosa Top war voller Dreck. „Mehr Durst." Ohne eine Antwort abzuwarten, griff sie nach der Flasche in Franklins Hand. Nach einigen weiteren Schlucken eiskalte Cola fühlte sie sich besser.

„Der Fluch ist zurück", heulte sie auf. „Du warst weg und dann war es plötzlich dunkel. Ich dachte … ein Scherz … dann war da Erde, überall Erde, über mir, neben mir." Einen Moment stockte sie, atmete tief durch. „Ich war unter der Erde begraben – mit Kakerlaken. Wo warst du nur so lange?"

„So lange? Was meinst du? Das waren vielleicht fünf Minuten."

Ungläubig starrte Kimberly ihn an. „Du verarschst mich. Das dauerte mindestens eine Stunde, wenn nicht sogar …" Sie beendete den Satz nicht, blickte zur Uhr an der Wand.

Tatsächlich waren nur fünf Minuten vergangen. Und die Zeit stimmte, denn die Uhr lief mit Batterie. *Ticktack, Ticktack.* Gleichmäßig verstrichen die Sekunden.

Franklin hockte sich neben sie auf den Fußboden und legte ihr den Arm um die Schultern. „Irgendwie müssen wir diesen Fluch oder Was-auch-immer-das-ist brechen. Vielleicht gibt es jemanden, der mehr darüber weiß. Calypso, also die von neulich, ist immerhin noch sehr jung, also möglicherweise nicht so erfahren."

Kimberly hoffte so sehr, dass er recht hatte. Franklin zog sie auf die Füße, führte sie zum Sofa. Ohne ein Wort rannte er die Treppe hoch, kam mit einem sauberen *RedSox*Trikot und Shorts zurück.

„Hier, zieh dir erst mal etwas Sauberes an", forderte er sie auf. Nachdem er sich umgedreht hatte, zog Kimberly ihr Top aus. Am Waschbecken in der Ecke machte sie eine Katzenwäsche, ehe sie das frische T-Shirt überstreifte. „Fertig."

Noch immer unsicher auf den Beinen folgte sie ihm nach oben in sein Zimmer, wo sie sich an den PC setzten. Franklin tippte bei Google ein: *Fluch selbst aufheben.* Er erhielt 113.000 Treffer und klickte auf den ersten Artikel, der angeboten wurde.

„Hier guck mal." Er deutete auf den Bildschirm. „Da steht, dass du keine Angst haben darfst, denn das nährt einen Fluch."

„Haha, sehr witzig. Wie soll man denn in solchen Situationen keine Angst haben?"

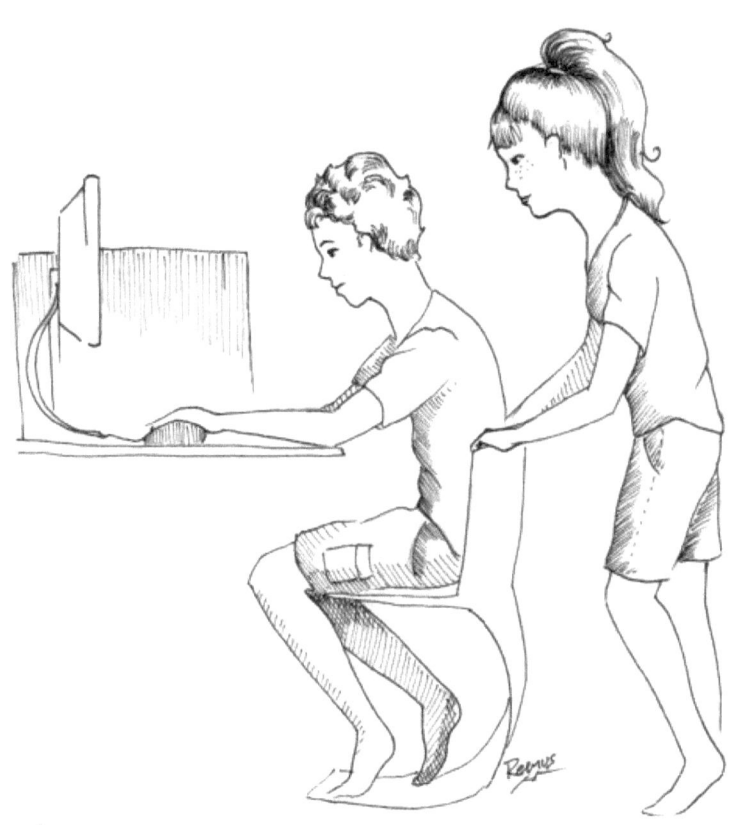

Franklin zuckte die Schulter.

„Steht da noch mehr?" Kimberly versuchte mitzulesen.

„Moment." Er überflog die Zeilen. „Am besten ist es, wenn die Person, die den Fluch ausgesprochen hat, ihn aufhebt. Alles andere wird in den meisten Artikeln als Geldmacherei bezeichnet. Vorausgesetzt natürlich, dass es so was wie Flüche tatsächlich gibt."

Auf die letzte Bemerkung wollte sie nicht eingehen. „Na toll", stöhnte sie. „Hoffentlich findet Calypso mehr raus." Sie fühlte sich mutlos und einsam.

„Weißt du was? Du bleibst einfach keine Sekunde mehr allein. Dann passiert dir auch nichts." Aufmunternd nickte Franklin ihr zu. „Und vielleicht meldet sich Calypso ja schon früher."

„Wie soll das gehen: aufpassen rund um die Uhr?"

„Du schläfst hier, so wie früher", erklärte Franklin.

„Und was ist, wenn ich aufs Klo muss?"

„Dann rette ich dich, wenn du nach einer Minute nicht rauskommst oder mir nicht mehr antwortest."

Ob das gut geht?, fragte sie sich. *Aber alles ist besser, als allein zu sein.* „Okay, lass uns meine Eltern anrufen", sagte sie betont fröhlich zu Franklin.

- - -

„Kinder, was haltet ihr vom einem leckeren Barbecue?", rief Franklins Mutter nach oben.

Weil Franklins Zimmertür offenstand, war sie deutlich zu hören. Sie wechselten einen kurzen Blick und grinsten.

„Wenn es Hot Dogs gibt", antwortete Franklin, „oder Papas berühmte Spare Ribs." Genüsslich rieb er sich den Bauch.

„Das kriegen wir hin. Kommt ihr mit zum Einkaufen?"

„Ach Mama." Franklin stöhnte extra laut. „Lieber nicht."

Von unten drang das Klimpern der Autoschlüssel ins obere Stockwerk.

„Na gut, ich bin dann weg", rief Franklins Mutter. Nach einer Pause fügte sie hinzu: „Echt schade, im Einkaufszentrum gibt es einen neuen Eissalon. Der soll super sein."

In Windeseile rasten sie nach unten.

„Warum hast du das nicht gleich gesagt?", beschwerte sich Franklin.

„Dann wäre es doch nur halb so lustig gewesen."

- - -

„Boah, noch einen Bissen mehr und ich platze. Hier und jetzt. Auf der Stelle." Kimberly hielt sich den Bauch und lehnte sich zufrieden in der Sitzbank der Eisdiele zurück.

„Also ein Milchshake ..." Franklin warf einen Blick auf die Karte.

„Hör bloß auf, du Vielfraß. Wenn ich noch irgendwas von Essen höre, dann übergebe ich mich. Mir ist so was von schlecht."

„Dann kann ich ja gleich deine Hot Dogs essen", antwortete er mit einem schelmischen Grinsen.

„Untersteh dich!" Mit der Faust drohend sprang sie auf.

„Wetten, dass ich mehr Hot Dogs schaffe als du?"

„Nach diesem Eisbecher?" Er lachte.

Bevor Franklin noch etwas sagen konnte, klingelte sein Handy in der Hosentasche.

„Meine Mutter ist gleich fertig." Er verdrehte die Augen. „Wir sollen runterkommen."

„Das ist nicht dein Ernst. Sonst braucht sie doch immer ewig." Sie zog einen Schmollmund. „Ich dachte, wir könnten noch ein bisschen in die Spielhalle."

„Reingelegt! Sie hat noch eine Freundin getroffen und braucht länger."

„Du ...!" Spielerisch drohte sie ihm mit dem Zeigefinger.

„Wer zuerst unten in der Spielhalle ist, kriegt eine Runde bezahlt." Noch während Franklin sprach, rannte er los in Richtung Rolltreppen.

„Du verlierst", rief Kimberly ihm übermütig hinterher. So schnell sie konnte, flitzte sie zu den Fahrstühlen. Wenn sie sofort einen erwischte, konnte sie gewinnen. Inständig hoffte sie, dass nicht alle Fahrstühle blockiert waren.

Immer wieder drückte sie die Taste mit dem Pfeil nach unten, in der Hoffnung, auf diese Weise einen Aufzug schneller auf ihre Ebene zu *beschwören*.

„Komm schon, du lahmes Ding!" Frustriert schlug sie mit der flachen Hand gegen die geschlossene Tür.

Die alte Dame neben ihr schüttelte tadelnd den Kopf. „In meiner Jugend hätte es so was nicht gegeben. Tztztz."

„Tschuldigung", nuschelte Kimberly, „ich habe es extrem eilig, sonst verliere ich eine Wette."

„Trotzdem! So kommt der Fahrstuhl auch nicht schneller." Die alte Frau hob mahnend den Zeigefinger, aber ihre Augen blickten schelmisch.

Bing. Wie in Zeitlupe öffnete sich die Tür des Fahrstuhls auf der linken Seite. Ungeduldig wippte Kimberly mit dem Fuß, während die Leute ausstiegen. Das alles dauerte ihr viel zu lang.

„Beeilt euch", fluchte sie leise vor sich hin. An der letzten Person, die herauskam, drängte sie sich vorbei und drückte die Taste für das Erdgeschoss. Endlich tat sich etwas.

Die Türen hatten sich fast geschlossen, als ein Gehstock in die Öffnung gesteckt wurde.

„Du wolltest doch nicht ohne mich fahren!" Resolut trat die alte Frau in den Aufzug. „Drückst du bitte den dritten Stock?" Kimberly verdrehte die Augen. Wieder würde sie Zeit verlieren. Der Fahrstuhl setzte sich in Bewegung. Sie lehnte sich gegen die große Spiegelwand und klammerte sich an das

Geländer hinter ihrem Rücken. Ihr Blick war fest auf die roten LEDs gerichtet, die das Stockwerk anzeigten. Dritter Stock.

Die Tür öffnete, die alte Dame stieg aus. „Viel Spaß. Ich hoffe, du gewinnst."

„Danke", antwortete Kimberly höflich. „Wegen Ihnen verliere ich aber mit Sicherheit", murmelte sie vor sich hin, als die Türen sich schlossen.

Kurz nachdem der Fahrstuhl wieder losgefahren war, verspürte sie einen leichten Ruck. Gleichzeitig breitete sich in ihrem Bauch das verhasste Kribbeln aus. Genau deswegen fuhr sie so ungern Aufzug. Zweiter Stock. Erster Stock.

„Gleich hast du es geschafft", beruhigte sie sich.

Kaum hatte sie es ausgesprochen, ging eine heftige Erschütterung durch den Fahrstuhl. In letzter Sekunde hielt sie sich fest. Der Aufzug stand.

10

„Oh nein, nicht jetzt, bitte nicht."

Die Beleuchtung ging aus. Totale Finsternis. Die Erinnerung an das Kellererlebnis flammte auf und lähmte sie augenblicklich. Wie auf Kommando schaltete sich die Notbeleuchtung ein. Das Bild vom Grab verblasste, doch die Angst blieb. Hektisch drückte sie die Tasten: erst einzeln, dann mehrere Tasten auf einmal, danach in verschiedenen Reihenfolgen. Der Fahrstuhl bewegte sich keinen Zentimeter.

„Hilfe", schrie sie. Niemand würde sie hier hören, das war ihr klar. Mit butterweichen Knien versuchte sie, einen klaren Gedanken zu fassen.

„Bloß nicht in Panik ausbrechen. Fahrstühle sind absolut sicher", sagte sie sich, aber die Furcht blieb.

Ihr Blick fiel auf die AlarmTaste. Sie drückte darauf. „Hallo! Ist da jemand?" Es rauschte, also hatte sie eine Verbindung.

„Hallo Kimberly!"

Ihr Herz schlug einen Purzelbaum. „Ich stecke fest. Können Sie mir helfen?" Ihre Stimme zitterte. „Ich bin zwischen erstem Stock und Erdgeschoss."

„Ich weiß, Kimberly."

„Wie lange brauchen Sie, um …" Sie stockte. Etwas stimmte nicht. Ein kalter Schauer lief ihr über den Rücken Ihr Puls raste und das Herz rutschte ihr in die Hose. „Woher wissen Sie meinen Namen?"

„Hahaha."

Das hysterische Lachen überschlug sich in Kimberlys Ohren. Und in diesem Moment erkannte sie die Stimme.

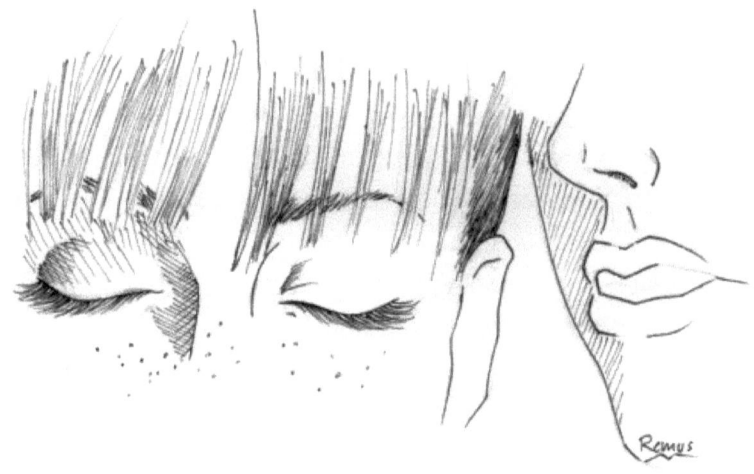

„Es tut mir leid", stammelte sie. „Wirklich! Alles tut mir leid. Egal, was ich getan habe, ich will es wieder gut machen." Das war ihre Chance. „Bitte nehmen Sie den Fluch zurück. Ich tue alles, wirklich alles!", flehte sie. „Sagen Sie mir nur, was genau ich falsch gemacht habe."

„Hast du etwa Angst?" Ein unheimliches Kichern erfüllte den Raum.

Kimberlys Nackenhaare sträubten sich. Starr vor Schreck stand sie vor dem Bedienfeld. Ihre Beine zitterten. Das Rauschen war verstummt und es herrschte tödliche Stille. Die Zahlen auf der Anzeige blinkten abwechselnd. Verzweifelt drückte Kimberly noch einmal die Tasten.

„Bitte, was soll ich tun?" Tränen rannen über ihr Gesicht.

Mit einem Ruck setzte sich der Fahrstuhl in Bewegung. Sie strauchelte und landete unsanft auf ihrem Hintern.

„Danke", flüsterte sie, unendlich froh darüber, gleich aussteigen zu können. Aber der Fahrstuhl wurde nicht langsamer. Was war los? In der Sekunde wusste sie die Antwort. Sie stürzte ab! Mit zugeschnürter Kehle an die Wand gelehnt konnte sie regelrecht spüren, wie die Farbe aus ihrem Gesicht wich. Ihre Zähne klapperten und sie war außerstande, etwas dagegen zu tun.

Die Geschwindigkeit nahm jetzt sogar zu. Übelkeit breitete sich in ihr aus. Sie stellte sich vor, wie sie nach dem Aufprall aussehen würde: zerquetscht, zerschmettert. Sie schlug sich die Hand vor den Mund und würgte.

Aber der Aufzug stoppte. Die Seile ächzten unter dem Gewicht. Ihre Nerven lagen blank. Sie versuchte sich aufzurichten, ging aber sofort wieder in die Knie, als der Fahrstuhl sich erneut in Bewegung setzte. Diesmal fuhr er nach oben. Schnell gewann er an Tempo. Gleich würden sie durch die Decke fliegen.

Als der Fahrstuhl wieder völlig unvermittelt anhielt, wurde sie durch den Raum geschleudert.

Calypsos schneidende Stimme zerriss die Stille: „Tztztz." Sie kicherte. „Du hast eindeutig Angst, Todesangst. Das kann ich riechen." Hörbar sog sie die Luft ein. „Ich habe dich gewarnt. Du solltest die richtige Entscheidung treffen, aber du wolltest nicht hören." Wieder ertönte das Kichern. „Bereit zu sterben, Kimberly?"

Sie hörte einen ohrenbetäubenden Knall. Sofort war ihr klar, dass die Seile gerissen waren. Im gleichen Atemzug fühlte sie, dass der Fahrstuhl stürzte. Panisch robbte sie zur Wand, versuchte sich aufzusetzen. Dabei stieß sie mit dem Hinterkopf gegen das Geländer. Vor Schmerz schrie sie auf und griff nach der Stelle. Sie spürte, wie das Blut in einem kleinen Rinnsal ihren Nacken hinunterlief.

Der Aufprall traf sie mit solcher Wucht, dass ihr die Luft aus der Lunge gepresst wurde. Ein ohrenbetäubendes Geräusch war zu hören: Metall auf Metall. Sie rechnete damit, im nächsten Moment von irgendetwas durchbohrt zu werden. Instinktiv rollte sie sich zu einer Kugel zusammen. Calypso hatte recht. Sie empfand Todesangst, bis in die letzte Pore.

Ich werde bewusstlos, stellte sie ganz ruhig fest. Ihr Körper hob ab, sie flog durch die Kabine. *Wie eine Feder,* dachte sie noch. Dann war da nur noch Dunkelheit.

„Lassen Sie mich durch." Von weit her drang eine bekannte Stimme an ihr Ohr. „Das ist Kimberly Rogers, meine Freundin." Eine warme Hand legte sich auf ihren Unterarm. „Kimmy?" Ganz leicht rüttelte die Hand an ihr.

Sie gab sich die größte Mühe, die Augen aufzumachen, aber ihre Lider fühlten sich bleischwer an. Sie öffnete den Mund, brachte aber nur ein leises Stöhnen zustande.

„Du bist wach!"

„Miss, sind Sie in Ordnung?"

Nun gelang es ihr, die Augen aufzuschlagen. Zuerst nahm sie alles nur verschwommen wahr, aber schon nach wenigen Augenblicken sah sie schärfer. Neben Franklins bekanntem

Gesicht erblickte sie einen ziemlich molligen Sanitäter, der mehr Pickel hatte als ein Warzenschwein Warzen.

„Warum gibt es Traumprinzen nur im Fernsehen", murmelte sie enttäuscht.

„Wie bitte? Ich habe Sie nicht verstanden. Wissen Sie, wo Sie sind, Miss?"

Noch immer benommen richtete sie sich vorsichtig auf. Der Sanitäter half ihr. Sofort spürte sie einen bohrenden Schmerz am Hinterkopf.

„Aua!"

„Was tut Ihnen weh?"

„Mein Kopf." Wie brüchig ihre Stimme klang, hörte sie selbst.

„Nur eine leichte Platzwunde", befand der Mollige. „Wie viele Finger sehen Sie?" Er hielt ihr seine Finger ganz dicht vor die Nase.

„Drei", antwortete sie bissig. Sie wollte nur weg. Die Situation war ihr inzwischen total peinlich. „Mir geht es gut."

„Das glaube ich kaum, sonst wären Sie nicht ohnmächtig geworden."

„*Du*, nicht *Sie*", fauchte Kimberly, „ich bin doch keine von den alten Omas, die du sonst rettest."

„Gut. Kannst *du* mir die Nummer deiner Eltern geben. Ich muss sie informieren." Seine Augen verengten sich zu Schlitzen.

Ups, offenbar war sie ihm auf den Schlips getreten.

„Schon gut, ich passe auf sie auf. Meine Mutter holt uns gleich ab", mischte sich Franklin ein. Entschlossen drängte er den Mann zur Seite und reichte ihr die Hand.

Ihre Hand zitterte, als sie zufasste und sich hochziehen ließ.

„Meine Freundin hat heute nur zu wenig getrunken. Alles gut", plapperte er weiter und schob sie zum Ausgang gegenüber von den Aufzügen. „Ah, da hinten sehe ich das Auto meiner Mutter", erklärte er dem Sanitäter zugewandt, der ihnen folgte.

Dessen weitere Einwände überhörte Franklin geflissentlich. Sogar die *Rotzgören* und *undankbare Jugend von heute* ließ er unkommentiert, wie Kimberly überrascht zur Kenntnis nahm.

„Wenn wir allein sind, erzählst du mir, was los war", raunte er ihr ins Ohr.

Erschöpft ließ sich Kimberly auf einer Bank im nahegelegenen Park nieder.

Franklin setzte sich neben sie. „Der Fluch?"

Sie nickte, stellte ihre Füße auf die Bank und schlang die Arme um die Knie. „Die Hexe hat den Fahrstuhl abstürzen lassen."

„Wie jetzt?" Verwirrt schaute er sie an.

Als er den Arm um sie legte, war Kimberly ihm dankbar und lehnte sich an seine Schulter.

„Die alte Hexe hat den Fahrstuhl angehalten. Als ich den Alarm gedrückt habe, machte sie sich über mich lustig. Den Fluch wird sie niemals aufheben. Gerade eben wollte sie, dass ich sterbe. Wenn ich nur wüsste, um welche verdammte falsche Entscheidung es geht." Vor lauter Verzweiflung begann sie an ihren Fingernägeln zu knabbern. „Ich habe Angst, richtige Angst", gab sie zu.

„Wir finden schon einen Weg."

Aber sie hörte deutlich heraus, dass Franklin auch nicht so recht daran glaubte.

11

„Ich hoffe, ihr seid noch hungrig! Oder habt ihr euch mit diesem leckeren Eis den Bauch vollgeschlagen?" Drohend hob Franklins Vater die Grillzange und wandte sich mit gespielt böser Miene dem Tisch zu.

„Papa, hast du jemals erlebt, dass wir keinen Hunger hatten?", sagte Franklin. „Wenn du dich nicht beeilst, kann ich dir versichern, dass wir entweder verhungern oder aber dich ganz spontan anknabbern."

Rasch duckte er sich, um nicht von dem Grillhandschuh getroffen zu werden.

„Nicht so frech, junger Mann!", rief sein Vater. In seinen Augen blitzte jugendlicher Schalk.

Obwohl das Fahrstuhlerlebnis ihr noch immer in den Knochen steckte, lächelte Kimberly, während sie die Szene beobachtete. *Entspann dich*, befahl sie sich. *Alles ist gut.*

Die Sonne schien, keine Wolke war am Himmel zu sehen. Auf dem Gartentisch standen Leckereien. Besonders auf den hausgemachten Kartoffelsalat und die von Franklins Vater eigenhändig marinierten Spare Ribs freute sie sich. Sie griff nach ihrem gekühlten Eistee und trank einen kräftigen Schluck.

„So, wer möchte ein Würstchen?", erkundigte sich Mrs Shaw.

„Ich", meldete sich Franklin. „Gib mir gleich zwei. Ich habe echt Kohldampf."

„Wie ein kleines Schwein – Essen bis zum Platzen!" Den Spruch konnte sie sich einfach nicht verkneifen. Sie selbst nahm sich aber auch zwei Würstchen und Brötchen. Herzhaft biss sie in ihren Hotdog. Ketchup und süßer Senf liefen ihr das Kinn herunter.

„Wer von uns wohl das Schwein ist", stichelte Franklin.

Der anfliegenden Serviette konnte er nicht ausweichen.

„Treffer, versenkt!", jubelte sie.

Die ausgelassene Stimmung steckte an und schon bald vergeudete Kimberly keinen Gedanken mehr an den Fluch. Für den Moment vergaß sie die Hexe und alles andere.

„Na, wie sieht es aus?" Mrs Shaw erhob sich und stellte ein paar Teller zusammen.

Rasch sprang Kimberly auf, um ihr zu helfen.

„Bleib ruhig sitzen", sagte Franklins Mutter. "Hoffentlich geht es dir wirklich gut, Kimberly. Du bist nämlich ziemlich blass."

Franklin hatte seiner Mutter erzählt, dass ein ihnen unbekannter Junge Kimberly umgerannt hatte und sie beim Sturz mit dem Kopf auf den Rand eines Blumenkübels aufgeschlagen war. Zum Glück hatte sie sich damit zufrieden gegeben.

Kimberly gefiel es, dass sie nicht helfen musste. Wie eine Königin wurde sie heute behandelt. Wenn sie ehrlich war, genoss sie diese Aufmerksamkeit in vollen Zügen. Entspannt lehnte sie sich zurück.

„Wer hat noch Lust auf ein Eis. Ich hätte *Ben & Jerry* im Angebot", verkündete Mrs Shaw.

„Ich", riefen Franklin, Kimberly und Mr Shaw wie aus einem Mund. Alle brachen in Gelächter aus.

„Na, da habe ich ja Glück, dass ich nicht nur einen Becher gekauft habe." Kopfschüttelnd verschwand Franklins Mutter in die Küche.

Inzwischen dämmerte es. Franklins Vater zündete eine Kerze zur Mückenabwehr an. Dann ging er in die Küche, um seiner Frau zu helfen.

Fasziniert vom flackernden Licht starrte Kimberly in die Flamme. Seit sie denken konnte, liebte sie es, ins Feuer zu schauen. *Friedlich und wunderschön*, dachte sie und entspannte sich vollends.

- - -

Ein Knistern riss sie aus ihren Tagträumen. Erschrocken blickte sie sich um. Noch immer saß sie am Tisch mitten im Garten der Shaws, aber von Franklin und seinen Eltern fehlte weit und breit jede Spur. *Wahrscheinlich ist Franklin auch reingegangen, wegen dem Eis*, überlegte sie und konzentrierte sich wieder auf die rötlich flackernde Kerze.

Das knisternde Geräusch schwoll an und sie spürte Wärme auf ihrer Haut. „Herrlich", sagte sie leise in den Abend hinein. „Fast wie an einem Lagerfeuer."
Träge öffnete sie die Augen … Wie von einer Tarantel gestochen, fuhr sie aus ihrem Gartenstuhl hoch. Der Busch neben dem Grill stand in Flammen.
„Mist. Verflucht." Ohne nachzudenken, schnappte sie sich den Krug mit Eistee vom Tisch und schüttete den Inhalt in die

Flammen. Es dampfte und zischte, aber das bisschen Tee reichte natürlich nicht aus, um das Feuer zu löschen

„Franklin, Mr Shaw, Mrs Shaw! Es brennt!" Sie wunderte sich, dass diese schrille Stimme ihre eigene war.

Niemand kam. Wie seltsam! Mit großen Schritten rannte sie ins Haus, um Hilfe zu suchen. Wie eine Irre hastete sie durch alle Räume. Immer wieder rief sie nach Franklin und seinen Eltern. Aber es war, als wären alle ausgeflogen.

Wohin waren sie verschwunden? Innerlich kochte Kimberly. Die Shaws hätten ruhig Bescheid geben können. Sie raste in die Küche zurück.

„Dann bleibt es eben an mir hängen. Kein Problem. Kimberly Rogers wird's schon richten!", sagte sie trotzig.

Im Putzmittelschrank fand sie einen großen Eimer, den sie unter den Wasserhahn schob. Obwohl sie voll aufdrehte, füllte er sich nur langsam. Endlich war er voll. Unter dem Gewicht ächzend hievte Kimberly ihn zum Brand.

Inzwischen war das Feuer auf einen weiteren Busch übergesprungen. Mit so viel Schwung wie möglich, schüttete sie den Inhalt des Eimers über die Büsche. Das Wasser verdampfte wie ein Tropfen auf einem heißen Stein. Sie eilte zurück, holte einen weiteren Eimer und kippte das Wasser in die Flammen.

„Verdammt, das ist doch nicht möglich. So schnell kann sich das blöde Feuer doch nicht ausbreiten", rief sie voller Verzweiflung.

Kurz überlegte sie, dann rannte sie wieder ins Haus. Im Flur schnappte sie sich den Hörer vom Wandtelefon und wählte mit zitternden Fingern.

„Feuerwehr von Hufftington Beach. Schildern Sie uns Ihren Notfall."

„Es brennt im Garten. Das Feuer breitet sich aus, greift bald aufs Haus über", ratterte sie außer Atem ins Telefon. „Timbark Street 553. Bitte beeilen sie sich."

Keine Antwort.

„Hallo, haben Sie mich gehört? Es brennt. Erst ein Busch, jetzt der halbe Garten. Bitte, ich brauche Hilfe."

„Sind noch weitere Personen im Haus?"

„Nein, außer mir ist keiner da", erwiderte sie hektisch. „Dauert es lange, bis sie kommen? Kann ich schon irgendetwas tun?"

Stille.

„Hallo, sind Sie noch da?"

„Aber natürlich, Kimberly."

Ein Kichern in der Leitung. Das kannte sie mittlerweile. Vor Entsetzen wurde ihr schwarz vor Augen.

„Nicht schon wieder", heulte sie.

Der Hörer entglitt ihr und landete mit einem Knall auf dem Fußboden. Voller Panik flüchtete sie so schnell sie konnte in Richtung Haustür. Nur raus. Das war alles, woran sie denken konnte.

An der Tür blieb sie stehen. Verwirrt blickte sie auf die Stelle, wo sich der Griff befand – normalerweise. Kein Griff, kein Loch, einfach nichts. Auf dem Absatz machte sie kehrt und hechtete zur Terrasse. Schon von Weitem sah sie das orangefarbene Feuer. Durch den Garten konnte sie also nicht entkommen. Fieberhaft suchte sie nach einem anderen Ausweg.

Die Garage, fiel ihr ein. Augenblicklich sprintete sie zurück in den Flur und öffnete von dort die Tür zur Garage. Als sie den Lichtschalter neben dem Eingang betätigte, leuchtete die Glühbirne an der Decke kurz auf. Dann erlosch sie.

„Nein, nein, nein", fluchte sie. „Warum ich? Lass mich in Ruhe, du Hexe."

Vorsichtig tastete sie sich am Auto entlang. Vor dem Garagentor suchte sie das Band, mit dem es geöffnet wurde. Wie verrückt wedelte sie in der Luft herum, bis ihre Hand es streifte.

„Na endlich." Erleichtert griff sie danach und zog.

Als das Tor sich nicht bewegte, zerrte sie kräftiger, doch es tat sich nichts. Voller Zorn riss sie daran. Ein kräftiger Ruck – und sie hielt das Band in der Hand.

„Lass mich raus!" Sie spürte, wie ihr das Blut ins Gesicht schoss. Wütend trommelte sie gegen das Tor. „Lass mich raus, du miese Hexe", kreischte sie.

Ihre Stimme überschlug sich. Es dauerte nicht lange, bis ihr vor Verzweiflung und Wut Tränen über die Wangen liefen. „Ich habe mich doch entschuldigt. Was willst du?"

In dem Moment klingelte im Haus das Telefon. Sie schöpfte Hoffnung. Jemand rief an, jemand, der sie retten konnte.

„Bitte helfen Sie mir, ich bin ...", rief sie ins Telefon, aber weiter kam sie nicht.

„Was ich will? Nichts, denn es ist zu spät. Hast du jetzt etwa Angst, Kimberly?" Die Stimme der Hexe quietschte wie ein rostiges Türscharnier.

12

Zornig knallte Kimberly den Hörer auf. Irgendwie musste sie hier raus, aber wie zur Hölle? Mit den Augen tastete sie den Raum ab.

Ihr kam eine Idee. Sie schlug sich mit der Hand auf die Stirn – natürlich: die Fenster in Franklins Zimmer! Wenn er Zimmerarrest hatte, haute er manchmal ab. Vor seinem Fenster wuchs ein Baum, dessen Äste bis ans Haus reichten. Das war ihre Rettung.

Ehe sie nach oben lief, warf sie noch einen Blick auf das Feuer. Inzwischen brannte die RattanSitzgruppe komplett und erste Flammen züngelten auf den Wohnzimmerteppich zu.

Zwei Stufen auf einmal nehmend hastete sie nach oben. Mit Schwung riss sie die Tür auf und stellte erleichtert fest, dass der Fenstergriff noch vorhanden war. Fast rechnete sie damit, dass der Knauf sich nicht bewegen würde, aber er drehte sich ohne großen Kraftaufwand.

Ha, eine Hexe kann auch nicht an alles denken. Innerlich stieß sie einen Jubelschrei aus. Dann schwang sie sich etwas ungelenk auf die Fensterbank.

„Bei Gott, ich schwöre, wenn ich heil runterkomme, treibe ich mehr Sport", erklärte sie. Tief atmete sie ein. „Keine Panik, du schaffst das schon, Kimberly Rogers. So hoch ist es gar nicht", spornte sie sich an. „Na los!"

Voller Zuversicht trat sie nach vorn – ins Leere. Sie schaffte es gerade noch, den Schwung zurückzunehmen, schwang die

Beine über die Brüstung und rutschte vom Fensterbrett. Unsanft landete sie auf dem Zimmerboden.

„Auuuu!", stöhnte sie. Mühsam zog sie sich am Fensterbrett hoch und blickte in die Krone des Baumes. Er stand genau da, wo er hingehörte.

„Was zur Hölle …?" Noch einmal kletterte sie auf das Fensterbrett. Diesmal hielt sie sich besser fest. Kaum hob sie das Bein, um es auf den Ast zu stellen, bewegte der sich zur Seite. Als sie ihren Fuß zurückzog, kehrte der Ast in seine alte Position zurück.

„Oh nein!", kreischte sie, kletterte herunter und rannte zur Treppe.

Vielleicht war es möglich, das Garagentor aufzuhebeln?

Doch so weit kam sie gar nicht. Auf halber Treppe schlug ihr dichter Rauch entgegen. Die Hitze brannte in den Lungen. Da entdeckte sie Flammen auf der untersten Stufe. Sie hustete, bedeckte ihr Gesicht mit dem Ärmel und flüchtete ins Badezimmer. Dort machte sie ein Handtuch nass, hielt es sich vor Mund und Nase. Schon konnte sie besser atmen. Aber die Hitze brannte auf der Haut.

Mit angehaltenem Atem lauschte sie. Das Feuer schien mit rasender Geschwindigkeit näherzukommen, gerade so, als würde es nach Kimberly suchen. Die Angst, lichterloh zu brennen, raubte ihr fast den Verstand. Sie schlang sich das nasse Handtuch um die Schulter, bedeckte den Mund und riss die Tür auf. Ohne einen Blick nach rechts und links zu werfen, stürzte sie über den Flur in Franklins Zimmer zurück. Knallte die Tür ins Schloss. Stopfte das Handtuch in den Spalt unter der Tür. Ein lautes Knacken ließ sie zusammenfahren. Dicker Qualm drang durch das Schlüsselloch.

Ich muss hier raus, überlegte sie fieberhaft. Inzwischen lief ihr der Schweiß aus allen Poren. Als etwas Rotes durch das Schlüsselloch züngelte, hastete sie zum Fenster und sprang, ohne zu zögern.

- - -

„Kimberly, wach auf!" Franklin schüttelte sie. „Los, schnell in mein Zimmer. Da müssen wir was Trocknes zum Anziehen für dich finden", zischte er ihr ins Ohr.

Benommen sah sie sich um. „Ich brauche einen Moment", hauchte sie.

„Keine Zeit! Wenn meine Eltern dich so sehen, dann stellen sie Fragen. Und das mit dem Fluch glauben sie uns garantiert nicht", flüsterte er.

Eine Widerrede würde er nicht gelten lassen. Das spürte sie und erhob sich. Aber es war zu spät.

„Was ist hier los. Würde mich mal bitte jemand aufklären!" Mrs Shaw stand mit dem Eis in der Tür.

Kimberly verzog das Gesicht zu einem Grinsen und wartete auf die Standpauke.

„Was ist denn mit dir passiert?", donnerte Mr Shaw los, der gerade hinter seiner Frau in der Terrassentür erschienen war.

Mit Sicherheit bin ich jetzt wieder knallrot angelaufen, dachte Kimberly. Sie schaute an sich hinunter. Ihre Kleidung tropfte.

„Also … ja … das …", stotterte sie und blickte hilfesuchend zu Franklin.

„Das ist meine Schuld", erklärte er schnell.

„Inwiefern?" Seine Mutter riss die Augen auf.

„Ähm, ja, also …" Offensichtlich fiel Franklin nichts mehr ein.

„Raus damit, junger Mann. Ich sage nur *Computerverbot!*" Sein Vater baute sich im Türrahmen auf, die Hände in die Hüfte gestemmt.

„Franklin hat mich in den Pool geschubst. Das war aber ein Versehen. Er ist zu schnell gelaufen und über seine Füße gestolpert", platzte es aus ihr heraus. „Sie wissen doch, wie tollpatschig er sein kann."

Mr Shaw warf seinem Sohn einen fragenden Blick zu.

„Das stimmt Dad." Franklin ließ die Schultern hängen und versuchte, schuldbewusst dreinzuschauen.

Seine Eltern schüttelten die Köpfe.

„Na dann, zieh dir was Trockenes an, bevor das Eis schmilzt." Franklins Mutter begann zu kichern. „Und du, mein Lieber, solltest dich besser konzentrieren. Du bist der Einzige, den ich kenne, der über seine eigenen Füße stolpert." „Wir müssen irgendetwas tun. Länger halte ich das nicht aus," flüsterte Kimberly. Es war schon spät und sie sollten längst schlafen. „Heute sind schon zwei Sachen passiert. Wer weiß, was morgen alles geschieht." Da fiel ihr etwas ein. „Warum hast du mich heute Abend eigentlich nicht schon früher aus dem Albtraum geweckt?" In ihrer Stimme schwang ein aggressiver Unterton mit. Das war ihr klar.

„Früher?" Franklins Gesicht erschien über der Bettkante. Mit leicht genervtem Ausdruck blickte er auf Kimberly hinunter, die es sich auf ihrer Klappmatratze gemütlich gemacht hatte. „Kapier doch, dass deine komischen Visionen oder Albträume oder wie auch immer wir deine *FluchErlebnisse* nennen wollen, nur wenige Sekunden dauern. In einem Moment bist du noch da und dann zack fängt es an. Du redest komisches Zeug, bist nicht ansprechbar. Dieses Mal waren deine Sachen auf einmal nass. Total abgefahren. Wie von Geisterhand."

„Das heißt, ich bin nicht mal in deiner Nähe sicher." Kimberly kuschelte sich in ihre Decke. Das durfte doch alles nicht wahr sein. „Irgendeine Idee, Sherlock?", fragte sie, obwohl sie eigentlich am liebsten losgeheult hätte.

Als Kind hatte Franklin alte Krimis geliebt, deshalb nannte sie ihn gerne bei diesem Spitznamen.

„Naja, ich würde sagen, du erlebst deinen Albtraum in einer Art Zeitraffer. Zumindest würde das erklären, warum du immer das Gefühl hast, dass Ewigkeiten vergangen sind. Verstehst du?" Jetzt war er sehr ernst. „Da ist noch was!"

Sie horchte auf. Seine Stimme klang ganz dumpf, irgendwie unheilvoll. Was hatte er nur?

„Also, weißt du …"

Offensichtlich fiel es ihm sehr schwer, auszusprechen, was er auf der Seele hatte.

„… ich, also ich vermute, dass du …"

„Spuck es aus!", befahl sie und schluckte den Kloß in ihrem Hals hinunter.

„Ich vermute, dass du erst dann aufgeweckt werden kannst, wenn du kurz davor bist zu sterben, also nur im Traum natürlich."

„Du riesiger Arsch. Schon mal was davon gehört, dass man seinen Freunden keine Angst macht!" Sie griff nach ihrem Kissen und schlug wütend auf ihn ein. Er hatte recht, aber sie konnte den Gedanken einfach nicht ertragen.

„Schon gut, schon gut. Ich wollte nur ehrlich sein.

„Ja, und machst mir damit eine scheiß Angst."

„Lass uns morgen noch mal zu dieser Hexe gehen. Vielleicht hat sie etwas erfahren", antwortete Franklin gereizt. „Jetzt bin ich hundemüde und habe keine Lust, mich noch die halbe Nacht mit dir zu streiten." Wie zum Beweis gähnte er.

„Du hast gut reden. Wer weiß, was mir diese Nacht passiert!", grummelte sie und ließ sich zurück auf ihr Kissen fallen.

Von ihrer Matratze am Boden aus hörte sie schon bald gedämpftes Schnarchen über sich. Das konnte doch nicht wahr sein. Schlief er tatsächlich schon?

„Toller Freund bist du. Und nun?", sagte sie leise. Dann gähnte sie. Es fiel ihr immer schwerer wachzubleiben …

- - -

Die Sonne stand nicht hoch am Himmel, als Kimberly und Franklin bei Calypso eintrafen. Der Jahrmarkt war noch gar nicht geöffnet, aber sie hatte darauf bestanden, gleich nach dem Frühstück aufzubrechen.

Sie stiegen die Stufen nach oben und Kimberly klopfte energisch gegen das Holz. Nach einer gefühlten Ewigkeit wurde die Tür aufgerissen und eine verschlafen wirkende Calypso mit zerzausten Haaren erschien im Türrahmen.

„Oh, ihr seid das." Sie gähnte herzhaft. „Sind wir nicht erst für morgen verabredet?"

Mit ihrem EinhornTop, der weiten Jogginghose und rosa HäschenPlüschSchuhen sah sie völlig normal aus. Gar nicht mehr so magisch, wie Kimberly Calypso in Erinnerung hatte. Das brachte sie aus dem Konzept.

„Ja", stammelte sie, „aber das mit dem Fluch wird immer schlimmer. Gestern bin ich mit einem Fahrstuhl abgestürzt und später fast verbrannt."

„Nicht schön – gar nicht schön. Kommt erst einmal rein."
Calypso trat zur Seite, damit sie den dunklen Wohnwagen betreten konnten.

„Schläfst du hier auch?", fragte Kimberly. Trotz ihrer Angst war sie neugierig.

„Klar, der Wohnwagen sieht kleiner aus als er tatsächlich ist. Wollt ihr etwas trinken? Kakao, Cola, Tee, Wasser?"

„Cola." Da waren sie sich einig.

Calypso rekelte sich und ging nach hinten. Kurz danach kam sie mit einem voll beladenen Tablett zurück.

„Greift zu, wenn ihr Hunger habt."

Das ließ sich Franklin nicht zweimal sagen. Herzhaft biss er in ein Croissant. „Oh Mann, die sind aber gut!", nuschelte er mit vollem Mund.

„Nein danke", lehnte Kimberly ab, „ich würde viel lieber wissen, ob sie etwas über diese andere Hexe erfahren haben. Sie redet mit mir, während etwas geschieht. Ich habe versucht herauszufinden, weswegen sie mich verflucht hat, um mich zu entschuldigen, aber …" Kimbely zuckte mit den Schultern, fühlte sich vollkommen hilflos. „Ich bin am Ende."

„Das glaube ich dir." Calypso lehnte sich in ihrem Stuhl zurück. „Ich habe mich umgehört. Es gibt eine gute und eine schlechte Nachricht."

„Und?", fragte Kimberly voller Hoffnung.

„Den Fluch kann nur die Hexe aufheben, die ihn ausgesprochen hat." Calypso legte eine Pause ein und biss in ihr Croissant.

Kimberly hing an ihren Lippen. „Das haben Sie schon beim ersten Mal gesagt. Was ist die gute Nachricht?"

„Es war nicht einfach, aber mit Hilfe meiner Kristallkugel habe ich Kontakt zu deiner Hexe aufgenommen", sagte Calypso.

Unruhig rutschte Kimberly auf ihrem Stuhl hin und her. „Ja, und?"

Calypsos tiefblaue Augen sprühten Funken.

Das konnte Kimberly überhaupt nicht einordnen. „Ja?" Vor Aufregung wurde ihr schlecht.

„Die alte Hexe zieht in Betracht, den Fluch aufzuheben. Den Zeitpunkt allerdings bestimmt sie."

„Das heißt?"

„Sie setzt sich mit dir in Verbindung."

Ungläubig schüttelte Kimberly den Kopf. „Bis jetzt hat sie mich nur verspottet und fast umgebracht."

„Keine Sorge, alles wird gut, glaub mir", sagte Calypso sanft. Dann deutete sie zur Tür. „Jetzt müsst ihr leider gehen. Ich muss mich fertigmachen, bevor der Jahrmarkt seine Tore öffnet."

13

„Komm schon", befahl Franklin, als Kimberly keine Anstalten machte aufzustehen.

Er öffnete die Tür und schob sie nach draußen. Sie war total durcheinander und ließ alles mit sich geschehen.

Als sie mit einem kleinen Jungen zusammenstieß, der einen Fußball kickte, nuschelte sie: „Tschuldigung", ging dann schnell weiter, ohne genauer hinzusehen.

„Die meldet sich schon", meinte Franklin. Offensichtlich wollte er sie aufmuntern. „Bestimmt will sie dich noch zappeln lassen."

„Bringst du mich nach Hause?"

„Übernachtest du heute nicht bei mir?"

„Tut mir leid, aber ich möchte nach Hause." Sie zuckte mit den Schultern. „Wenn ich schon solche Albträume erlebe, dann lieber bei mir. Mein Bett ist eindeutig bequemer als eure Gästematratze und mein Vater hat mich letztes Mal auch gerettet."

Freundschaftlich boxte Franklin ihr in die Seite. „Aber sag Bescheid, wenn sie sich meldet."

„Denkst du, ich gehe ohne dich zu ihr?"

Sie bogen in die Dare Street und liefen zügig auf Kimberlys Haus zu. Schon von Weitem sahen sie den Nachbarsjungen, der ein ferngesteuertes Auto auf der Straße fahren ließ.

„Ich wette, er steuert es gleich auf uns zu und lenkt es dann in letzter Sekunde von uns weg", stöhnte Kimberly. „Immer geht einem diese Göre mit dem blöden Auto auf den Keks."

„Also ich finde das Teil echt cool. Weißt du, wie viel PS das Ding hat?", schwärmte Franklin.

Ihr verging die giftige Antwort, die ihr auf der Zunge lag. Lautstark fuhr das Auto auf sie zu. Kurz vor ihren Füßen bremste es abrupt und gab brummende, gefährlich klingende Töne von sich.

Sie hob den Fuß, um nach dem Auto zu treten. Aber – was war das? Hinter der schwarzen Frontscheibe leuchteten rote Augen. Eines zwinkerte ihr zu.

„Hast du das gesehen?" Voller Angst klammerte sie sich an Franklins Arm.

„Was denn? Die punktgenaue Bremsung?"

„Nein, die glühenden Augen natürlich."

Mit dem Finger deutete sie auf das Auto und stutzte. Da war nichts, außer einer schwarzen Windschutzscheibe. Wutentbrannt stapfte sie weiter. Das Spielzeug drehte und raste in halsbrecherischem Tempo auf seinen Besitzer zu.

„Du hast doch nicht etwa Angst?", rief der Junge.

Statt einer Antwort wandte sie sich demonstrativ ab.

„Blödmann", murmelte sie.

„Meinst du, er lässt mich mal fahren?", sagte Franklin, der ihr gefolgt war.

„Frag ihn doch", giftete Kimberly ihn an. „Am besten schlägst du ihm auch gleich vor, dein neuer bester Freund zu werden."

In diesem Moment raste das Auto wieder auf sie zu. Doch etwas veränderte sich. Mit jedem Zentimeter, den es näherkam, wuchs es.

Keuchend grapschte sie nach Franklin, bekam aber keinen Stoff zu fassen. Verdattert sah sie zur Seite. Da war niemand.

„Wo … was …?" Sie drehte sich um die eigene Achse, doch Franklin hatte sich in Luft aufgelöst.

Voller Angst wandte sie ihre Aufmerksamkeit wieder dem Auto zu und traute ihren Augen nicht. Konnte es sein, dass dieses Teil sie anfauchte? War so etwas möglich? Außerdem wurde es noch immer größer und zwar in rasender Geschwindigkeit. Vor ihr stand kein Spielzeugauto, sondern ein riesiger MonsterTruck mit gigantischen Reifen.

„Nicht schon wieder", jaulte sie.

Als Antwort heulte der Motor auf, aber der Truck bewegte sich kein Stück. Langsam, ganz langsam ging sie rückwärts. Schließlich hatte sie mehr im Blick als nur die überdimensionalen Reifen. Das durfte nicht wahr sein! *Ich werde endgültig verrückt oder gleich gekillt*, schoss es ihr durch den Kopf.

Als Erstes erblickte sie riesige Zähne und einen breiten, blutigen Unterkiefer. Nach zehn weiteren Schritten konnte sie das ganze Ausmaß des Ungetüms erfassen. Ein monströser Zombie – so sah es aus. Die großen, runden Augen auf der Motorhaube, die wie aufgeklebte Bälle wirkten, fixierten sie. Aus den Türen ragten Arme mit Händen. Die linke Hand hielt ein mächtiges Fleischbeil, die rechte ein Haarbüschel, an dem ein Kopf hing.

„Das ist nicht echt", flüsterte sie, während sie vor Angst bibberte.

Der Truck öffnete sein Maul. Ein bestialischer Gestank nach verfaultem Fleisch wehte in ihre Richtung. Sofort wurde ihr unglaublich schlecht. *Nur nicht übergeben*, betete sie stumm. Schnell presste sie die Hand vor Mund und Nase.

„*Hunger*!", knurrte der Monster-Truck mit tiefer Stimme. Wieder wehte der stinkende Atem zu ihr „Essen. *Hunger*!" Seine Stimme dröhnte in ihren Ohren. Ein mechanisches Geräusch ertönte. Eine widerliche, mit Eiterpickeln übersäte Zunge schoss aus seinem Maul heraus. Vorn war sie gespalten wie bei einer Schlange. Gelähmt vor Entsetzen starrte Kimberly darauf. Das Maul kam immer näher. Als die Zunge über ihre Beine leckte, fiel sie fast in Ohnmacht.

„*Lecker*!", verkündete das Ungetüm.

Ihr Herz raste, überschlug sich. „Es reicht. Ich kann nicht mehr", schrie sie. „Du willst mich? Nur zu!"

Das Monster streckte den Arm nach ihr aus. Immer länger wurde er. Als seine Hand so nah war, dass sie nur noch zupacken musste, machte Kimberly automatisch einen Satz nach hinten. Wie gelähmt starrte sie auf die langen, knochigen Finger vor ihrem Gesicht. Der Luftzug der sich schließenden Hand streifte sie und hinterließ ein warmes Gefühl an ihrem Hals. Instinktiv betastete sie die Stelle, warf einen Blick auf ihre Hand – und taumelte erschrocken weiter zurück: Blut!

Der Arm des Monsters schnellte zurück. Mit einem genüsslichen Schmatzer leckte es Kimberlys Blut von seinem Finger.

„*Mehr!*", dröhnte es und ließ den Motor aufheulen. Dann fuhr das Ungetüm auf sie zu. Seine Augen loderten gierig, Speichel tropfte von seinem Maul. „Du. *Lecker!*"

Der Zombie würde sie fressen! Das war der Moment, wo Kimberly aufwachte. *Nein*, sagte sie sich, *ich bin noch nicht am Ende.* Sie blickte sich um, suchte nach einer Fluchtmöglichkeit. Nie im Leben würde sie schnell genug weglaufen können, das war klar.

„Du willst mich fressen? Dann musst du mich fangen!"

Woher sie den Mut nahm, wusste sie nicht. Ohne auch nur eine Sekunde länger zu warten, rannte sie im Eiltempo unter das Fahrgestell, das hoch genug war, um darunter aufrecht zu stehen.

14

Sichtlich irritiert blieb der MonsterTruck stehen. Diesen Moment nutzte sie. Neben dem Ungetüm entdeckte sie eine Lücke in der Hecke und erkannte ihre Chance. Zwischen den hohen Reifen hindurch sprintete sie darauf zu, zwängte sich hinein, so weit wie möglich, und kauerte sich in die Hecke. Die Äste stachen, aber das war ihr egal.

„Wo bist du?", lallte der Truck.

Die Gedanken in ihrem Kopf überschlugen sich. Was sollte sie tun? In diesem Moment berührte etwas ihre Schulter.

„*Buh!*", rief das Ungetüm, „*gefunden!*"

Mit zwei seiner ekligen, scharfen Finger packte es zu und hob sie hoch. Ihr blieb keine Zeit, zu reagieren. Strampelnd versuchte sie, sich zu befreien, erreichte aber nur, dass der Griff fester wurde. Eine der Krallen bohrte sich durch den dünnen Stoff in ihre Schulter, sodass sie vor Schmerz aufschrie.

Inzwischen befand sie sich auf Augenhöhe mit dem Zombie. Die glitschigen Augäpfel musterten sie mit blanken Spott.

„*Haut und Knochen!*", stellte er fest. Seine Stimme dröhnte. „*Egal!*"

Er öffnete sein Maul und präsentierte lange, gelbe Zähne. Deutlich erkannte Kimbely die Reste seiner vorherigen Mahlzeiten in den Zwischenräumen. Bei dem fauligen Atem übermannte sie die Übelkeit. Je näher der Schlund rückte, desto schlimmer wurde es.

Und dann – ließ er sie los. Einfach so. Ohne Vorankündigung. Sie fiel, sah die auf und zu schnappenden Zähne, schloss die Augen, wollte schreien, aber ihre Stimme versagte.

- - -

„Kimberly?" Franklin musste ganz nah sein.

Zitternd öffnete sie die Augen und richtete sich auf. Sie saß mitten auf dem Fußweg. Weiter hinten drehte ein Spielzeugauto seine Runden.

„Ich wollte schreien, aber … seine Zähne. Ich kann nicht mehr." Schluchzend umklammerte sie ihre Knie, wiegte den Körper vor und zurück.

„Wessen Zähne denn?", erkundigte sich Franklin besorgt.

„Zähne … Zombie … MonsterTruck …" Sie war außerstande, einen zusammenhängenden Satz zu bilden.

„Ich verstehe nur Bahnhof", sagte er stirnrunzelnd.

Sie lehnte sich an seine Schulter. Es dauerte, bis sie sich wieder gefasst hatte.

„Auf jeden Fall sage ich nie wieder was gegen dieses Ding." Sie schirmte die Augen ab und deutete auf das ferngesteuerte Auto des Nachbarjungen.

„Wieso?", fragte er.

Mit bebender Stimme schilderte sie Franklin haarklein ihr Erlebnis. Nachdem sie geendet hatte, saß er mit offenem Mund da.

„Du solltest die Geschichte nach Hollywood schicken. Das könnte der beste Horrorfilm aller Zeiten werden."

„Danke", fauchte sie. In diesem Moment hasste sie ihren Freund regelrecht und stieß ihn von sich „Du bist echt ein Depp."

„Komm schon Kimberly, du weißt, wie ich das meine", lenkte er ein. „Ehrlich, in deiner Haut möchte ich nicht stecken. Alles und Nichts kann zum Albtraum werden."

„Wünsche ich auch keinem." Sie stand auf und streckte sich. „Okay, Entschuldigung angenommen", sagte sie in seine Richtung.

Noch wackelig auf den Beinen stakste sie den restlichen Weg zur Einfahrt ihres Hauses. Dabei löste sie ihren Zopf und schüttelte den Dreck vom Gebüsch aus den Haaren.

„Kommst du noch mit rein?", fragte sie über die Schulter. „Ich muss mir schnell etwas anziehen, was meine Kratzer verdeckt, bevor meine Eltern danach fragen."

Ohne seine Antwort abzuwarten, lief sie die Stufen zum Haus hoch.

„Wenn du nicht allein sein willst …" An der Haustür holte er sie ein.

- - -

In ihrem Zimmer stach ihr sofort ein zusammengerollter vergilbter Zettel ins Auge.

„Guck mal", flüsterte sie und deutete darauf.

Franklin warf einen Blick auf das Bett. „Vielleicht eine Nachricht von deiner Mutter."

„Garantiert nicht! Auf so einem alten Papier!" Sie packte seinen Oberarm. „Meinst du, dass es eine Nachricht von der alten Hexe ist?"

„Alt sieht der Zettel auf jeden Fall aus", überlegte Franklin laut. „Lass uns einfach nachgucken, dann wissen wir Bescheid."

„Nein!", schrie sie. „Am Ende steht da ein weiterer Fluch drauf."

„Nachsehen müssen wir." Er schaute sich im Zimmer um und fand kurz darauf offensichtlich das, was er gesucht hatte. Mit einer Pinzette und dicken Handschuhen bewaffnet öffnete er vorsichtig das Siegel.

Bei genauerer Betrachtung entpuppte sich das Papier als ein Stück Pergament. Wie von Zauberhand rollte es sich auseinander. Goldene Funken sprühten.

Kimberlys Herz rutschte ihr in die Hose, sie wich zurück. Franklin neben ihr machte einen Satz nach hinten. Als die Funken zerstoben waren, erschienen nach und nach Buchstaben auf dem Pergament. Gebannt starrten sie darauf, bis die Nachricht, geschrieben mit tiefroter Tinte, vollständig war.

Immer wieder las Kimberly die Botschaft:

Morgen um Mitternacht. Calypso erwartet dich an dem bekannten Ort!

„Kannst du bitte mitkommen?" Flehend schaute sie Franklin an.

„Gemeinsam durch dick und dünn. Das haben wir uns doch als Kinder schon geschworen."

Dankbar drückte sie seine Hand und zerknüllte den Zettel.

15

Ein weiteres Steinchen flog an Franklins Fenster. Oben ging das Licht an und er erschien am Fenster.

„Ich komme schon", flüsterte er nach unten.

Kurz danach öffnete sich lautlos die Balkontür und Franklin stand vor ihr, ganz in Schwarz gekleidet.

„Bereit?", fragte er und rieb sich den Schlaf aus den Augen.

„Klar! Los komm, wir müssen uns beeilen. Es ist schon viertel vor zwölf." Kimberly fühlte eine Selbstsicherheit, die sie selbst überraschte. „Ich halte den Fluch keinen Tag länger aus. Dies ist meine einzige Chance und die werde ich nutzen."

Zügig liefen sie durch die menschenleeren Straßen zum Jahrmarkt. Still und verlassen lag er einige Zeit später vor ihnen.

Je näher sie dem Wohnwagen kamen, umso unruhiger wurde Kimberly. Bald nahm sie nur noch ihren wilden Herzschlag wahr. Ein Schauer lief ihr über den Rücken, als sie nach dem Geländer griff, um die Treppe hochzugehen. Vor der Tür fing zu allem Überfluss auch noch ihr Magen an, lautstark zu rumoren.

„Ich hätte lieber so spät nichts essen sollen", erklärte sie. „Liegt mir wie ein schwerer Stein im Bauch – ätzend."

„Jetzt klopf schon", befahl Franklin

Kimberly hob die Hand, doch die Tür schwang bereits mit hörbarem Knarren auf. Eine einzige Kerze brannte im Inneren.

Kimberly spürte förmlich, wie sämtliche Farbe aus ihrem Gesicht wich, als sie die Lichtquelle entdeckte. „Bitte nicht schon wieder", stöhnte sie.

Franklin packte ihre Schultern, wahrscheinlich um zu verhindern, dass sie weglief. „Denk daran, es ist deine einzige Chance."

Zitternd setzte sie einen Fuß vor den anderen, bis sie mit dem Knie an einen der Stühle stieß.

„Franklin", wisperte sie, „hier ist niemand."

„Wir müssen warten. Immerhin ist es noch eine Minute bis Mitternacht", ertönte seine Stimme leise von draußen. „Komm lieber raus."

„Wieso?" Obwohl sie sich fürchtete, drehte sie sich noch einmal zu Calypsos Stuhl um.

„Am Ende ist sie verärgert, weil du unaufgefordert eingetreten bist."

„Verdammt, mach mir nicht noch mehr Angst." Ihr Mut verließ sie. Jetzt wollte sie nur noch raus aus dem Wohnwagen. Ein Rascheln im Rücken veranlasste sie dazu, einen Blick über die Schulter zu werfen. Mitten in der Bewegung erstarrte sie.

Majestätisch thronte die alte Hexe auf ihrem Stuhl. In dem fahlen Kerzenschein konnte Kimberly Calypsos Augen sehen. Vor dem durchbohrenden Blick graute ihr, aber sie hielt ihm stand – eine ganze Weile.

„Du bist also gekommen, Kimberly. Mutig oder töricht?", bellte Calypso. „Und du bittest mich, den Fluch aufzuheben." Ihr böses Lachen hallte durch den Raum. „Glaubst du wirklich, dass du einfach so vorbeikommen und dein Vergehen mit einer Entschuldigung aus dem Weg räumen kannst? Denkst du tatsächlich, dass ich ohne Weiteres den Fluch von dir nehme." Dann fügte sie mit überraschend freundlicher Stimme hinzu: „Wie kannst du nur so ein Narr sein?" Hysterisches Lachen folgte. „Du dummes Mädchen."

„Raus da!", schrie Franklin hinter ihr. „Kimberly, komm!"

In diesem Moment fiel die Tür des Wohnwagens zu. Der Knall löste die Starre, in der sich Kimberly bis eben befunden hatte. Mit aller Kraft rüttelte sie an dem Knauf, aber die Tür öffnete sich keinen Zentimeter. Sie hörte, dass Franklin sich von außen dagegen warf. Doch egal, wie sehr sie sich anstrengten, die Tür blieb verschlossen.

„Ich hole Hilfe", rief Franklin.

Die Treppenstufen knarzten, dann war es still.

„Allein, allein", sang die Hexe rhythmisch, „jetzt sind nur noch wir beide da."

Kimberly straffte ihre Schultern und drehte sich zu ihr um. „Lass mich in Ruhe. Lass mich endlich in Ruhe." In der nächsten Sekunde bereute sie ihren Ausbruch. Voller Demut ließ sie sich auf die Knie fallen. „Ich bitte dich aufrichtig um Entschuldigung. Egal was ich gemacht habe, ich bereue es von ganzem Herzen."

Calypsos Gelächter hallte durch den Raum, bis es mit einem Mal verstummte. Rauch stieg auf. Als er sich verzog, war die Hexe verschwunden.

„Hallo", sagte Kimberly mit zitternder Stimme. Als keine Antwort kam, stand sie auf. „Bitte, kommen Sie zurück."

Das Licht der Kerze begann zu flackern und verschwamm zu einem Wirbel. Sie wollte wegsehen, aber es gelang ihr nicht. Ihre Augenlider wurden schwer. Verzweifelt versuchte Kimberly, sie offen zu halten. Als Nächstes spürte sie, wie ihre Beine nachgaben. Dann wurde alles um sie herum tiefschwarz

„Kimberly!" Eine unbekannte Stimme drang an ihr Ohr. Benommen richtete sie sich auf.
„Franklin? Calypso?" Mit einem Schlag war sie hellwach. Sie befand sich in einem langen, spärlich beleuchteten Gang.
„Kimberly!" Wieder diese Stimme, diesmal näher.
Sie drehte sich um. Keine Menschenseele. Etwas berührte ihren Fuß. Sie zuckte zusammen.
„Ihhh!" Eine Ratte hockte neben ihrem Fuß. Vor Ekel wurde ihr schlecht.
Ohne weiter nachzudenken, sprang sie auf und rannte los, den Gang entlang. Am Ende zeichnete sich schemenhaft eine Tür ab. Dort angekommen drückte sie die Klinke – verschlossen.
„Oh nein!", stöhnte sie.
„Kimberly, wo willst du denn hin?" Diese furchtbare Stimme!
Wie von Sinnen hetzte sie in die entgegengesetzte Richtung, weg von der körperlosen Stimme. Als sie fast das andere Ende erreicht hatte, ertönte ein fieses Lachen. Nackte Angst erfüllte sie, aber sie musste einen Blick riskieren. Hinter ihr in einiger Entfernung machte sie eine Silhouette aus.
Völlig konfus bremste sie ab, rannte zurück und schrie: „Hilfe! Helfen sie mir!"
Als sie erkannte, wer dort wartete, blieb ihr vor Überraschung die Luft weg.

16

Ein Clown! In seinem weißen Gesicht lachte ein breiter Mund unter einer knallroten QuietscheNase. Seine Augen waren schwarz umrandet mit einer einzelnen Träne unter dem rechten Auge. Die leuchtend roten Haare standen an den Seiten buschig ab.

„Es ist nur ein Clown, nur ein freundlicher Clown, der auf dem Jahrmarkt arbeitet. Bestimmt hilft er mir", sagte sie sich, um die aufkeimende Panik zu unterdrücken. „Hallo." Wie brüchig ihre Stimme klang. „Ich habe mich verlaufen. Können Sie mir verraten, wie ich hier rauskomme?"

Regungslos starrte der Clown.

„Wenn Sie mir nur die Richtung zeigen könnten? Das wäre wirklich sehr freundlich."

Wie auf Kommando schoss sein Arm nach vorn. Anklagend zeigte der ausgestreckte Zeigefinger auf sie. Verzweifelt versuchte Kimberly, den harten Kloß in ihrem Hals hinunterzuschlucken.

„Danke, dann mache ich mich besser auf den Weg. Einen schönen Abend wünsche ich noch." Unsicher ging sie rückwärts. Bloß weg von diesem Typ.

In diesem Moment breitete sich ein *echtes Lächeln* auf seinem Gesicht aus und entblößte eine Reihe messerscharfer Zähne.

Als er sich träge in Bewegung setzte, wollte sie schreien, brachte aber keinen Ton heraus. Wieder einmal preschte sie los, rannte um ihr Leben.

Bitte lass die Tür nicht verschlossen sein! Darüber, dass sie sich ganz leicht öffnen ließ, war Kimberly ebenso erleichtert wie überrascht. Schnell schlüpfte sie hindurch in einen hellen Raum. Im sich schließenden Spalt konnte sie sehen, dass der Clown ihr noch immer folgte.

Die Tür schlug zu. Sie atmete auf und schaute sich um: Spiegel – überall Spiegel. Ein absoluter Albtraum. Mit den Händen voraus suchte sie einen Weg nach draußen. Das Geräusch der sich öffnenden Tür steigerte ihre Panik ins

Unerträgliche. Schweißperlen bildeten sich auf ihrer Stirn. *Er war hier und mit Sicherheit kannte er den Weg genau.*

„Kimberly!"

Sie stutzte. Das war Calypsos Stimme.

„Hast du genauso viel Spaß wie ich?" Ein gruseliges Lachen. Dann erklang altmodische Jahrmarktmusik.

Völlig verzweifelt irrte sie weiter, bis sie in eine Sackgasse gelangte. Links, rechts, vor ihr – überall Spiegel. Völlig erschöpft lehnte sie sich an die Wand und rutschte nach unten. Alles war aus. Gleich würde der Clown sie erwischen. Zitternd schlang sie ihre Arme um die Beine und machte sich ganz klein.

Aber was war das? Unter dem Spiegel gegenüber entdeckte sie Licht. Zögernd drückte sie dagegen. Die Glasscheibe schwang zur Seite: ein Notausgang. Das Schild mit dem Pfeil spendete das Licht. Ansonsten war der Gang stockfinster.

Schritt für Schritt tastete sie sich durch die Dunkelheit. Die Arme streckte sie wieder nach vorn, um nicht in ein Hindernis zu laufen. Als ihre Hände anstießen, keuchte sie vor Schreck auf. Gerade noch gelang es ihr, den Schrei zu unterdrücken. Mit zittrigen Händen fuhr sie über die glatte Fläche: kein Griff, nur Wand.

Bitte, bitte, nicht wieder eine Sackgasse!, betete sie stumm. Und tatsächlich auf der linken Seite ertastete sie eine Öffnung, in der sich ein Ring befand. Kimberly zog daran. Völlig geräuschlos öffnete sich eine Tür. Sie schlüpfte hindurch, befand sich in einem dunklen Raum.

Auf der anderen Seite sagte der Clown fröhlich: „Kimberly, komm zeig dich!"

Voller Furcht drückte sie sich an die Wand. Keine Sekunde zu früh. Schon öffnete sich die Tür, schloss sich gleich wieder, aber der Clown schien sie nicht zu bemerken. Langsam schlurfte er durch den Raum. An dem leiser werdenden Geräusch seiner Schritte erkannte sie, dass er sich von ihr entfernte. Dann – Totenstille …

„Gefunden! Hab dich gefunden!"

Vor ihr flammte ein Feuerzeug auf und sie blickte direkt in sein grinsendes Gesicht. Kreischend rollte sie sich, ohne nachzudenken zwischen seinen Beinen hindurch und stürzte zur Tür.

„Kimberly, du kannst dich nicht verstecken", säuselte er mit einer Stimme, die ihr das Blut in den Adern gefrieren ließ.

Mit einem Knall fiel die Tür hinter ihr zu. Sie war im Freien, an der frischen Luft. Kurz entschlossen hastete sie auf das gegenüberliegende Gebäude zu und versuchte, die erstbeste Tür zu öffnen. Zum Glück war sie nicht verschlossen.

Mit einem Stoßgebet bedankte sie sich bei ihrem Schutzengel. Jetzt nur noch durchhalten, bis Franklin mit der Rettung anrückte. Wieder kauerte sie sich im Dunkeln an eine Wand. Voller Anspannung saß sie dort, auf ihrem kleinen Fleckchen Sicherheit. Die Sekunden verstrichen, nichts passierte. Schwerfällig stand sie schließlich auf und begann, ihre Umgebung abzusuchen. Fieberhaft überlegte sie, in welcher Attraktion sie sich wohl befand.

Als sie wieder an der Tür angekommen war, drückte sie vorsichtig die Klinke nach unten, um einen kurzen Blick nach draußen zu werfen. Vielleicht war Franklin schon zurück und suchte bereits nach ihr. Sie rüttelte an der Tür. Nichts! Sie bewegte sich keinen Zentimeter.

Abgeschlossen! Das konnte doch nicht sein. Schlagartig wurde ihr klar, dass sie in der Falle saß. Dann hörte sie etwas. Es klang wie ein leiser Motor. Angespannt lauschte sie auf das Geräusch. Es schien, als käme es von allen Seiten.

Im nächsten Moment wurde es hell, nicht taghell, aber so, dass sie etwas erkennen konnte. Was bedeutete das? Wohin konnte sie flüchten? Da entdeckte sie einen Lichtschalter neben der Tür.

Wahrscheinlich bin ich drangekommen und habe das Licht eingeschaltet, überlegte sie. *Wird wohl ein Dimmer sein.* Jetzt bemerkte sie auch mehrere Lampen an den Wänden.

Das Brummen wurde lauter. Von einer Sekunde auf die nächste bebte der Boden unter ihren Füßen, erst ganz leicht, dann immer stärker. Sie verlor den Halt, landete unsanft auf dem Hinterteil, rappelte sich gleich wieder hoch, lag schon wieder am Boden. Erst beim vierten Anlauf klappte es. Sie stolperte zur Wand und stützte sich dort ab.

Alles wankte. War das ein Erdbeben? Vor ihrem inneren Auge sah sie Wände einstürzen und Bäume umfallen. Als Nächstes flackerte eine Lampe auf, erlosch gleich wieder. Sie presste die Hand auf den Mund, um nicht laut zu kreischen. Dann wurde es wieder hell, doch nicht für lange. Eine Sekunde später fiel die erste Lampe scheppernd zu Boden, dann eine weitere. Bald hingen nur noch wenige Lampen.

„Ganz ruhig, Kimberly Rogers", sagte sie laut zu sich. „Hier drinnen kann dir nichts passieren." *Hoffentlich,* fügte sie in Gedanken hinzu.

Ein heftiger Stoß – sie strauchelte. Die Wand vibrierte. So kam es ihr jedenfalls vor. Aber etwas war falsch, war ganz und gar nicht in Ordnung. Diese Wand drückte eindeutig gegen ihre Hand.

„Was …?" Die Erkenntnis traf sie wie ein Blitzschlag.

Die Wand bewegte sich auf sie zu. Kimberly stemmte sich dagegen. Ihre Füße verloren den Halt. Ein aussichtsloser Kampf. Von Todesangst getrieben hechtete sie zur Tür. Natürlich war sie noch immer verschlossen. Mit Anlauf warf sie sich dagegen. Keine Veränderung, nur ein scharfer Schmerz in ihrer Schulter. Erschöpft sank sie zu Boden und presste eine Hand auf die pochende Stelle.

„Kimberly!"

Die alte Hexe!

„Du hast doch nicht schon wieder Angst?" Die dreckige Lache erfüllte den schrumpfenden Raum.

„Niemals", kreischte sie mit schriller Stimme. Obwohl die Situation aussichtslos war, stand sie auf und rüttelte an der Klinke. „Geh auf, verdammt!"

Ein Blick über die Schulter verriet ihr, dass die Wand sich immer noch auf sie zu bewegte. Noch einmal stemmte sie sich gegen die Tür. Der Schmerz in der Schulter war unerträglich. Völlig außer Atem hielt sie schließlich inne und spürte, wie sie langsam nach vorn geschoben wurde.

„Ich will nicht sterben", wimmerte sie. Eine gefühlte Ewigkeit verstrich.

„Hast du jetzt Angst?" Die Stimme der Hexe durchdrang die Stille.

„Ja, ja, ja! Bist du jetzt glücklich,“ sagte Kimberly leise. Das letzte Quäntchen Mut verpuffte. Sie dachte an ihre Eltern. „Ich hab euch lieb“, flüsterte sie.

Der Gedanke an ihre Familie und an Franklin erfüllte sie mit Trauer. Die Angst, die sie eben noch verspürt hatte, war verschwunden. *Ich werde sterben*, sagte sie sich, voller Verwunderung darüber, dass sie so ruhig blieb.

Ein paar Dinge gingen ihr durch den Kopf: der PharaoFluch, der kleine Junge. Vielleicht hatte er sich so ähnlich gefühlt wie sie in diesem Augenblick?

Als ich aus dem PharaoFluch rausging, war die Welt noch in Ordnung, überlegte sie. *Hätte ich noch mal die Gelegenheit, würde ich mir die albernen Kommentare verkneifen.*

- - -

Schlagartig hörte das Beben auf und es wurde hell. Kimberly schloss die Augen, weil das grelle Licht schmerzte. Nach einer Weile blinzelte sie. Vor ihr stand die alte Calypso.

„Oh, nein!“, stöhnte sie. Konnte es nicht einfach vorbei sein?

„Oh, doch, meine Liebe“, sagte die Hexe. Ein hämisches Grinsen lag auf ihren Lippen.

In diesem Moment erlosch erneut das Licht. Jemand kicherte – nein, es war eher so, als käme das Kichern von allen Seiten. Kimberly verharrte an Ort und Stelle, unfähig einen klaren Gedanken zu fassen. Ein roter Blitz zuckte durch die Dunkelheit, gefolgt von einem tiefen Donner.

Ihr Herz raste. Als jemand sie am Arm berührte, kreischte sie entsetzt auf.

„Kimmy! Hey, alles gut?“

War das wirklich Franklin oder wieder nur ein mieser Trick?

„Bitte beruhige dich, Kimmy!"

Im selben Moment spürte sie, wie jemand über ihre Haare streichelte. Die Person roch nach Sommer und Schokolade. Es war Franklin! Sie konnte ihr Glück kaum fassen. Er setzte sich und nahm sie in die Arme. Vollkommen fertig mit den Nerven vergrub sie ihr Gesicht in seiner Halskuhle und weinte los.

„Der Blitz ... der Donner ... Ich dachte, ich wäre in der Hölle", stotterte sie.

„Du brauchst keine Angst mehr zu haben", flüsterte er ihr ins Ohr.

Bis sich ihr Puls wieder beruhigt hatte, dauerte es noch einige Zeit. „Ich will nach Hause", murmelte sie.

„Gleich", sagte Franklin, „vorher musst du noch etwas erledigen."

„Ja, das denke ich auch!", stimmte jemand zu.

Sofort richtete sie sich auf. Hinter Franklin stand die alte Calypso. Ohne die Hexe aus den Augen zu lassen, schob sie ihren Freund von sich.

Im nächsten Moment erkannte sie auch, wo sie war – im PharaoFluch. Ob das etwas zu bedeuten hatte?

Wie in Zeitlupe schritt die Alte mit erhobenem Zeigefinger auf sie zu. Es sah aus, als würden ihre Füße den Boden nicht berühren. Kimberly war unfähig, sich zu bewegen, verharrte in ihrer Position. Calypso streckte einen Arm aus. Die Handfläche zeigte nach oben. Kleine rote Funken sprühten aus den Fingerkuppen.

„Niemand", schnarrte Calypso, „wirklich niemand begeht auf meinem Land Unrecht. Bist du bereit für deine Strafe, Kimberly Roger?"

Sie schaute der Hexe in die Augen, erhob sich, wandte sich noch einmal Franklin zu. Der starrte die Hexe ungläubig an. Sämtliche Farbe war aus seinem Gesicht gewichen.

„Ich bin bereit", hauchte sie. Ihre Beine zitterten wie Espenlaub.

Kaum hatte sie das gesagt, begann die Hexe hysterisch zu lachen.

17

„*Es reicht!*", befahl eine Stimme, die keine Widerrede duldete. Kimberly und die Alte drehten sich um. Vor ihnen stand die junge Hexe und hielt abwehrend die Hände nach vorn.

„Ehrenwerte Calypso, es reicht. Ich bitte dich." Langsam trat sie auf ihre Namensvetterin zu. „Wir wissen deine Mission zu schätzen, aber genug ist genug."

Ich bin in einem Film, dachte Kimberly. Völlig verdattert beobachtete sie, wie die junge Hexe der alten die Hand auf die Schulter legte.

„Sie hat ihre Lektion gelernt, Meisterin."

Mit klopfendem Herzen sah Kimberly zu, wie sich die beiden lange in die Augen blickten. Dann drehte sich die alte Hexe um.

„Nun gut, meine Arbeit ist getan, aber ich warne dich, Kimberly Rogers! Ein Fehltritt, eine weitere Ungerechtigkeit …!"

Ein lauter Knall, gefolgt von Rauch. Erschrocken fuhr Kimberly zusammen. In dem Qualm war kaum etwas zu erkennen. Was sollte das alles bedeuten? Als sich der Rauch verzogen hatte, war sie mit Franklin und der jungen Hexe allein.

„Alles in Ordnung mit dir?", erkundigte sich Calypso.

Ehe Kimberly reagieren konnte, umarmte Calypso sie. „Es tut mir wirklich leid. Das ist alles meine Schuld."

Kimberly befreite sich. Was sollte das schon wieder? „Ich verstehe nicht", stotterte sie.

„Kommt mit in meinen Wohnwagen. Ich erkläre euch alles in Ruhe."

- - -

Inzwischen hatte Franklin wieder etwas Farbe im Gesicht und Kimberly zitterte nicht mehr. Sie saßen auf Calypsos Couch unter einer Decke und tranken Kakao.

„Wo fange ich am besten an?" Einen Moment schien Calypso zu überlegen, dann begann sie zu erzählen. „Ihr erinnert euch doch an die Legende von der Hexe, die in ihrem eigenen Haus verbrannte."

Kimberly nickte. Franklin neben ihr stöhnte auf. Offensichtlich hatte er langsam genug von all dem.

„Nun, obwohl ihr euch das jetzt vielleicht nicht vorstellen könnt, die böse Alte, die ihr gerade erlebt habt, das ist sie – oder war sie."

Ach, dachte Kimberly. Nichts konnte sie mehr überraschen. *Der Geist einer toten Hexe. Warum nicht?*

„Sie gehört eigentlich zu den Guten und wird in meinem Zirkel sehr verehrt", fuhr Calypso fort. „Falls es euch interessiert, ich trage meinen Namen wegen ihr. Calypso kannte sich mit Kräutern und Medizin aus, half bei Geburten. So wie das früher üblich war, hielten viele sie für eine Zauberin und machten sie für alles verantwortlich, was schieflief: Dürre, zu viel Regen, was auch immer … Ging ein Mann fremd, hatte sie ihn wohl verzaubert. Ihre besonderen Fähigkeiten machten den Leuten einfach Angst. Eines Tages herrschte Sonnenfinsternis, die Menschen fürchteten sich und glaubten, Calypso hätte ihre Finger im Spiel. Ein paar Dorfbewohner machten sich mit Fackeln auf den Weg zu ihrem Haus. Sie half gerade bei einer

Geburt, als der Erste seine Fackel auf das Haus warf. Calypso schickte die junge Mutter mit ihrem Neugeborenen nach draußen in Sicherheit. Bevor Calypso den Flammen zum Opfer fiel, verfluchte sie das Dorf und die Ländereien drum herum. Sie schwor, dass sie jede Ungerechtigkeit, wäre sie auch noch so klein, rächen würde."

„Oh Mann", hauchte Franklin.

„Wieso ist sie noch hier?", fragte Kimberly leise. Auf ihren Armen breitete sich Gänsehaut aus. „Sie …"

„… ist doch tot", flüsterte Franklin.

„Nun", sagte Calypso sanft, „echte Magierinnen kennen Mittel und Wege, dem Scheiterhaufen zu entkommen, und sie leben sehr lange."

Kimberly war über sich selbst erstaunt, aber sie glaubte jedes Wort. Da fiel ihr etwas ein. „Der kleine Junge?"

„Ja", sagte Calypso, „du hast ihm Unrecht getan."

„Was genau haben Sie mit dem Kind zu tun?" Kimberly ahnte es bereits.

„Jaydon ist mein Sohn."

„Oh!", entfuhr es Franklin.

So einiges dämmerte Kimberly, aber was genau passiert war, begriff sie noch nicht. „Bitte erklären Sie uns, wie das alles zusammenhängt?"

Calypso holte tief Luft. „Jaydon ist für den PharaoFluch wirklich noch zu klein, aber ich konnte es ihm nicht abschlagen. Er fürchtete sich fast zu Tode."

Kimberly machte den Mund auf, aber Calypso bedeutete ihr, sie ausreden zu lassen.

„Als ich mit Jaydon zu meinem Wohnwagen kam, war ich wütend auf mich selbst. Da sah ich von Weitem, wie ihr mit dieser fremden Hexe herausgekommen seid. Als wir eintrafen, wart ihr bereits weg. Sofort stellte ich die Alte zur Rede. Sie gab sich zu erkennen. Ihr müsst wissen, dass wir sie in unserem Hexenzirkel wirklich sehr verehren. Sie erklärte, dass sie dich für dein Verhalten bestrafen wollte. Aus meiner Wut heraus fand ich die Idee gut."

Kimberly musste schlucken. „Mir wäre es mit Sicherheit nicht anders gegangen", gab sie kleinlaut zu.

Calypso lachte auf. „Mir war aber nicht klar, wie mächtig meine verehrte Namensvetterin ist und wie echt die Illusionen wirken, die sie erschafft." Sie schüttelte den Kopf, als könnte sie es noch immer nicht fassen. „Heute besuchte ich unser monatliches Hexentreffen. Ich hatte viel zu erzählen. Alle waren voller Ehrfurcht, weil sich die legendäre Calypso wieder einmal gezeigt hatte. Aber die ältesten Hexen erklärten mir, wie stark ihre Magie ist und baten mich, darauf zu achten, dass sie, nun ja, es nicht übertreibt."

Kimberly sah zu Franklin, dessen Gesichtsausdruck Bände sprach.

Calypso fuhr fort: „Ich wusste, dass meine Namensvetterin heute wieder eine Illusion weben wollte und hatte so eine Ahnung, wo das stattfinden würde. Also fuhr ich hierher. Auf dem Parkplatz lief mir dann Franklin in die Arme."

Ein Schauer lief Kimberly über den Rücken. *Wäre sie nicht gekommen, wäre ich vor Angst verrückt geworden. Bei dem*

Gedanken wurde ihr schlecht. „Und das alles nur, weil ich vor Franklin angeben wollte …" Kimberly spürte, wie ihre Wangen anfingen zu glühen. Verlegen warf sie einen Blick zur Seite.

Franklin schaute immer noch dümmlich aus der Wäsche, nickte ihr aber aufmunternd zu.

„Ich wollte, dass er mich cool findet. Deshalb habe ich mich total blöd benommen."

Jetzt grinste Franklin wie ein Honigkuchenpferd.

Sie wandte sich an Calypso. „Ist es jetzt vorbei?"

Einige Sekunden vergingen. „Ich schätze schon, aber diese mächtige Magierin hat ein Auge auf dich geworfen. An deiner Stelle wäre ich sehr vorsichtig mit dem, was ich sage und tue."

- - -

„Nur um das klarzustellen", zischte Kimberly auf dem Weg zum Ausgang, „wenn du davon jemandem erzählst, dann sage ich allen, dass du bei *Arielle* geweint hast "

Helle Blitze zuckten am wolkenlosen Himmel.

Sie rollte mit den Augen. „Ist ja schon gut, Calypso! Das war ein Spaß."

18

Sie riss die Arme hoch, als könnte sie sich so vor dem Wasserschwall schützen. In dem Moment blitzte die Kamera.

„Verflucht, jetzt bin ich pitschnass und sehe auf dem Foto total dämlich aus!", jammerte Kimberly.

Franklin konnte sich das Lachen nicht verkneifen.

„Lach du nur. Du hast dich schließlich hinter mir versteckt."

Abwehrend hob er die Hände. „Ich, mich versteckt? Niemals. Beschwere dich beim Personal der Wasserrutsche." Zur Versöhnung drückte er ihr einen Kuss auf die Wange.

Etwas später spazierten sie mit ihren Eltern durch den Freizeitpark.

An einem Stand blieb Franklins Vater stehen. „Seht doch", sagte er und deutete auf einen Kasten. „Wollen wir es ausprobieren?"

Kimberly blieb für einen Moment das Herz stehen. *Die wunderbare Calypso* stand in verschnörkelter Schrift auf dem Schild unter einem Totenschädel.

„Bloß nicht, da kommt doch nur Blödsinn bei raus", sagte sie und versuchte, ihre Eltern wegzuzerren.

Ein greller Blitz erschien am strahlend blauen Himmel.

Überrascht schauten die Erwachsenen nach oben. Franklin schmunzelte.

„Was war denn das?", fragte Kimberlys Mutter.

„Nichts, vielleicht eine Reflektion von irgendetwas", erwiderte sie schnell.

„Um auf den Wahrsager zurückzukommen: Ganz ehrlich, das bringt nur Ärger mit sich. Spart euch das Geld."

„Hast du etwa Angst vor der Zukunft?", neckte Franklins Mutter.

„Ich? Nein, ich habe doch keine ..." Als sie Franklins warnenden Blick auffing, besann sie sich. „Na ja, Angst hat jeder mal."

Ihr war so, als würde der Totenschädel ihr zuzwinkern.